쓰고
싸우고
살아남다

쓰고
싸우고
살아남다

장영은

글쓰기로 한계를 극복한
여성 25명의 삶과 철학

민음사

프롤로그

2014년 9월, 내 어머니의 어머니께서 돌아가셨다. 나는 할머니와 작별 인사를 나누지 못했다. 뒤늦게 서울역으로 향했다. 기차는 느리게 달렸다. 부산에 도착해 옷을 갈아입고 나서야 처음으로 할머니의 시 「가시나니까」를 읽을 수 있었다. 할머니가 세상을 떠나고 난 다음에야 오랫동안 혼자서 글을 쓰고 계셨다는 사실을 알게 되었다. 할머니는 딸이라는 이유로 학교를 가지 못한 유년 시절의 아픔을 담담하게 써 내려가셨다. 남동생들이 대학을 졸업하고 사회에서 각자의 기량을 펼치며 살아가는 동안 할머니는 맏며느리가 되어 대가족을 떠안으셨다. 나는 왜 할머니의 속마음을 단한 번도 헤아리지 못했을까? 할머니가 쓴 시를 읽고 나서야 그분의 삶을 조금 더 가까이에서 이해할 수 있게 되었다. 누구에게도 쓰리고 아픈 속을 털어놓지 않으셨지만, 돌아가신 후에 생각해 보니 할머니는 글쓰기와 기도로 삶의 의미를 찾으셨던 것 같다. 할머니의 시를 읽은 이후로 여성이 자기 삶을 글로 쓰는 일의 가치를 더욱 긍정하게 되었다. 나는 한 편의 시를 유산으로 상속받았다.

2018년에 『나혜석, 글 쓰는 여자의 탄생』을 엮고, 같은 해 『문학을 부수는 문학들』의 공저자로 참여하면서, 여성 작가들의 삶과 글이 별개가 아니라는 확신을 가지게 되었다. 작가의 범주를 어떻게 설정할 것인가는 여전히 고민 중이지만, 나는 글을 써서 발표하는 사람을 작가로 정의하고 있다. 단 한 명이라도 독자를 가진 사람이 작가라고 생각한다. 이 세상에 멋진 여성 작가들이 너무나 많았다.

『나혜석, 글 쓰는 여자의 탄생』이 페미니즘 고전 읽기 프로젝트의 첫 권으로 출간되고 난 직후부터, 민음사 인문교양팀과 후속 작업을 논의하기 시작했다. 먼저, 나혜석의 동갑내기 친구이자 문학과 종교를 아우르는 삶의 궤적을 남긴 김일엽의 글과 사상을 소개해 보자는 이야기가 오고 갔다. 시대는 다르지만 나혜석 못지않은 글과 그림을 남긴 천경자의 생애와 예술을 담은 책을 어떻게 만드는 것이 좋을지 이한솔 님, 양희정 부장님과 반년간 검토하기도 했다.

그러다 문득, 시공간을 뛰어넘어 몇 가지 공통분모를 가진 여성 작가들을 소개하는 글을 써 보고 싶어졌다. 스물다섯 명의 작가를 같은 분량으로 이야기해 보고 싶었지만, 구체적인 계획은 잡지 못한 상태로 몇 달이 지나갔다. 《경향신문》에서 지면을 할애해 주지 않았더라면 계속 구상만 하고 있었을지 모르겠다.

이 책의 주인공들인 스물다섯 명의 여성들은 겉으로 보면 공통점을 찾기 어렵다. 태어난 시기도 삶의 터전도 쓴 글들도 제각각이다. 그러나 좀 더 깊이 들여다보면 그들은 서로 닮은 표정을 짓고 있었다. 우선, 스물다섯 명의 여성들은 모두 글을 써서 돈을 벌었다. 취미로 글을 쓴 여성은 단 한 사람도 없었다. 그들은 살기 위해 열심히 썼다. 필사적으로 글쓰기에 매달렸다.

또한, 여성 작가들은 모두 크게 실패한 경험을 가지고 있었다. 평생에 걸쳐 편견과 차별, 폭력에 맞서야 했다. 찬사만 받은 작가도 없었다. 혹평에 좌절하지 않았다. 근거 없는 소문과 오랫동안 싸워야 했다. 순간순간 닥쳐오는 난관을 직접 돌파하며 꾸준히 성장했다. 살면서 죽을 고비도 숱하게 넘겼다. 어떤 위협에도 두려워하지 않았다. 그저 한 문장 한 문장에 자신의 전부를 걸었다.

무엇보다 스물다섯 명 모두 예외 없이 책을 지독하게 사랑했다. 도서관과 서점은 그들에게 또 다른 집이자 학교였다. 치열하게 읽었다. 평생을 쓰거나 읽으면서 살았다. 여성 작가들은 하나같이 오랫동안 좋은 독자였다가 어느 날 멋진 작가가 되었다.

이들은 모두 자신의 결함과 한계를 있는 그대로 인정하고 조금씩 극복해 갔다. 흠결 없고 상처 없는 완벽한 인생을 살았다면 글을 쓰지 않았을지도 모른다. 그들 역시 사람이 므로 일생 동안 수많은 실수를 거치며 성공과 실패, 성취와 좌절을 오갔다. 결국 그들은 모두 좋은 글을 남겼다. 앞으로 걸어갔다. 어떤 경우에도 용기를 잃지 않았다. 글과 말의 힘을 믿었다. 불행이나 불운이 반드시 살아서 글을 쓰겠다는 의지를 결코 꺾을 수 없음을 자신들의 삶으로 증명했다.

모든 글은 독자를 향하고 있다. 이 글 역시 많은 독자들을 만나 더 넓은 세상 속에서 떠다니길 바란다. 스물다섯 명의 여성들이 우리를 기다리고 있다.

2부 싸우다

3부   살아남다

1부 쓰다

글 쓰는 여자는
빛난다

"나는 『태평양을 막는 방파제』의 영화화 판권으로 노플르샤토의 이 집을 샀다. 내 소유의, 내 이름으로 된 집이다. 이 집을 사고 나서 미친 듯이 글을 썼다. 마치 화산이 폭발한 것 같았다. 집이 큰 몫을 했을 것이다. 이 집은 나의 유년기 아픔들을 달래 주었다." 글을 써서 집을 사고, 그 집에서 다시 "미친 듯이 글을" 쓴 이 여자, 마르그리트 뒤라스가 부럽다. 게다가 『태평양을 막는 방파제』는 뒤라스의 자전적 소설이 아닌가? 자신의 인생을 소설로 완성하고, 그 작품으로 집을 사서 글쓰기에 몰두했다니 나는 그녀가 그저 존경스럽다. 글을 써서 돈을 버는 일은 멋지다. 하지만 대체로 멋진 일들은 오랫동안 여성들에게 허용되지 않았다. 작가라는 직업도 예외가 아니었다. 지금까지 글을 쓰다 굶어죽을 뻔했던 여자 혹은 굶어죽은 여자들은 너무나도 많았다. 그 때문일까? 나는 글을 써서 생활의 기반을 닦은 여성들을 언제나 칭송해 왔다. 그 기원을 누구로 둘까? 잠시 행복한 고민에

15   쓰다

빠져 본다.

　박경리 선생의 얼굴이 떠오르지만, 태어난 해로도 등
단한 시기로도 뒤라스가 살짝 선배인 듯하다. 뒤라스는
1914년 베트남에서 태어났다. 수학 교사였던 아버지가
1918년 풍토병으로 갑자기 사망하자 뒤라스 가족에게 가난
과 슬픔은 일과가 되었다. "나에게 아버지가 없다."라는 말
은 과장이 아니었다. 프랑스어 교사였던 어머니는 남편이 죽
기 직전 몇 해가 자신의 인생에서 가장 아름다운 시절이었
다고 자녀들에게 이야기하곤 했다. 불행하다고 죽을 수는
없는 노릇이어서, 뒤라스의 어머니는 살아갈 방도를 나름대
로 찾아보려 애썼다. 교사 월급으로 삼남매를 키우기 빠듯
해 엉뚱한 사업에 투자했고 이내 파산했다.

　그 엉뚱한 사업에 관한 이야기가 『태평양을 막는 방파
제』에 고스란히 나온다. 남편의 갑작스러운 죽음으로 가장
이 된 뒤라스의 어머니는 프랑스어 교사 이외에도 여러 직업
을 동시에 가져야만 했다. 피아노 개인지도, 무성영화관의
피아노 반주 등 온갖 일을 억척같이 해내면서 10년 동안 모
은 돈으로 토지불하 신청을 하지만, 희망에 부풀어 경작했
던 그 땅이 바닷물에 잠기는 사태를 겪는다. 조수가 밀려오
면 모든 경작물이 다 휩쓸려 가는 땅을 불하받은 것이었다.
경작 가능한 땅을 받기 위해서는 땅 가격의 두 배 이상을 담
당 관리자에게 뇌물로 바쳐야 했던 현실을 전혀 알지 못한

채 어머니는 가산을 던졌다. 뒤라스의 어머니는 예상치 못한 결과 앞에서 무너지고 만다.

그녀에게도 젊은 시절 꿈이 있었다. 농부의 딸로 태어나 공부를 아주 잘했던 뒤라스의 어머니는 중등 교육을 마치고 프랑스 북부 지방의 마을에서 초등학교 교사 생활을 했다. 어느 날 면사무소 앞을 지나가다가 "젊은이들이여, 식민지로 오십시오. 행운이 여러분을 기다리고 있습니다."라고 적혀 있는 광고 포스터를 보게 된다. 어머니는 자신과 마찬가지로 식민지에서 새로운 기회를 찾고 싶어 하는 청년과 결혼했고, 부부는 식민지의 교사로 발령받았다. 그러나 행운은 연이어 이들을 비껴갔다. 남편은 갑작스럽게 죽고, 전 재산을 부은 땅은 불모지나 다름없었다.

파산 이후 어머니는 아들에게 더욱 집착하고 딸을 학대했다. 자녀들 가운데 유일하게 똑똑한 딸이 하루빨리 직업을 가지길 원했다. 딸에게 관심을 가지는 남자가 나타나면 그 남자의 재력부터 점검했다. 딸은 어디에서든 주목을 받았다. 뒤라스는 그 이유를 정확하게 알고 있었다. "식민지의 백인 여자는 사람들의 시선을 받는다. 열두 살짜리 백인 소녀도 마찬가지다." 어머니는 딸을 좋아하는 남자에게 무엇을 받아 낼 수 있을지 그것만을 따졌다. 뒤라스는 그런 어머니가 야속하고 부끄러웠지만 전혀 내색하지 않았다. 게다가 베트남에서는 수시로 전염병이 돌아 멀쩡한 사람들이 갑자

쓰다

기 죽어 나가곤 했다. 뒤라스는 질병과 죽음, 가난과 고독에 몸서리쳤다. 그런데 신기하게도 책을 읽고 글을 쓸 때 그 공포는 잠시 사라졌다. 자신이 누구인지 온전히 생각해 볼 수 있는 시간을 경험하며 뒤라스는 글 쓰는 사람이 되기로 결심한다.

하지만 어머니는 뒤라스를 이해하지 못했다. 딸이 꿈꾸는 삶을 끝까지 모른 척했다. 심지어 드러내 놓고 멸시하기도 했다. "나는 글을 쓰고 싶다. 처음에는 아무런 대답이 없었다. 이윽고 어머니가 물었다. 뭘 쓰겠다는 거니? 나는 책들, 소설들이라고 말했다. 그녀는 퉁명스럽게 말했다. 수학 교사 자격증부터 따고 나서 정 원하면 쓰려무나. 난 그따위 일에는 관심 없다. 어머니는 반대했다. 그건 가치도 없고, 직업이라고도 할 수 없으니. 일종의 허세에 불과해." 글을 쓸 때만 살아 있다고 느끼는 딸에게 어머니는 안정적인 직업을 가진 뒤에 "정 원하면 쓰려무나."라는 말로 딸의 꿈을 외면했다.

어머니의 말을 따르자면, 가난한 여성에게 글쓰기는 어울리지 않는 직업이었다. "허세에 불과한" 글쓰기라는 취미를 가질 수 있는 사람은 생계를 걱정하지 않아도 되는 부자들이었다. 명민한 뒤라스는 거꾸로 생각했다. 부자들만 글을 쓸 수 있다면, 반대로 글을 써서 부자가 될 수도 있지 않을까? 뒤라스는 좋은 글을 써서 돈을 벌겠다는 다짐을 굳혔다. 작가가 되어 어머니에게 보란 듯이 자신의 성공을 증명하리라고 결심했다. 어머니에게도 분명 피에르 로티의 책을 열심히 읽었던 청춘의 시간들이 있었다. 그런데도 재능 있는 딸이 글을 쓰겠다고 선언하자 걱정과 두려움, 그리고 알 수 없는 질투가 뒤엉켰다. 여자가 작가로 이름을 얻고 돈을 벌 수 있을까? 딸을 걱정하는 마음이 먼저였다. 두려움도 엄습했다. 만약 저토록 뛰어난 딸이 작가로 성공하면 우리를 떠나지 않을까? 딸이 적당하게 자리를 잡아 자기 곁에 있어 주기를 바랐다. 질투는 좀 더 복잡한 감정이었다. 딸이 자신처럼 살지 않기를 바라면서도 만약 자신과 전혀 다른 삶을 멋지게 사는 딸을 보게 되면 스스로가 한없이 초라해질 것 같았다. 어머니와 딸은 그렇게 서로를 마주 보고 있었다. 뒤라스가 좀 더 용감했다. 누구도 응원해 주지 않았지만, 뒤라스는 자신이 걷고 싶은 길을 스스로 개척했다. 물론 쉽지 않았다.

"나의 삶은 아주 일찍부터 너무 늦어 버렸다. 열여덟 살에 이미 돌이킬 수 없이 늦어 버렸다." 뒤라스의 삶이 늦어 버린 이유는 나이 많은 중국 부호가 약혼자와의 결혼을 앞두고 구애를 했기 때문이 아니었다. 방탕하고 무능한 큰오빠가 수시로 뒤라스를 때리고 파산한 어머니가 모든 불행의 원인이 딸에게 있는 듯 행동했기 때문만도 아니었다. 글을 쓰면서 뒤라스는 생물학적 나이를 완전히 뛰어넘는 경험을 한다. 그녀는 글을 쓰면서 새로운 자아를 찾았고, 자신이 만들어 낸 이야기가 자기 삶이 되는 황홀한 체험을 했다. 진

실과 허구의 경계는 글을 쓰는 시간 동안 모두 허물어졌다. 작가가 되기 위해 1933년 프랑스로 돌아간 뒤라스는 법학과 정치학을 전공한 후 식민지성에서 잠시 근무했지만 이내 사직서를 제출한다. 예정된 수순이었다. 여기까지가 우리가 뒤라스라는 위대한 작가를 만나기 전까지의 이야기이다. 그때까지 세상에 뒤라스는 존재하지 않았기 때문이다.

　1943년, 마르그리트 도나디외는 『철면피들』을 출간하며 마르그리트 뒤라스라는 필명으로 새롭게 탄생한다. 박금이가 박경리로, 천옥자가 천경자로 되는 순간 역시 이와 다를 바 없었다. 뒤라스에게 삶은 오직 두 시기, 작가가 되기 전과 후로 나뉘었다. 스스로 이름을 바꾼 그때부터 뒤라스는 평생을 작가로 살았다. 레지스탕스, 공산당원으로 활동하며

현실 참여에도 적극적이었고 여러 차례의 결혼과 이혼 등으로 세간의 이목을 끌기도 했지만, 뒤라스는 그 무엇에도 개의치 않았다. 그녀를 사로잡은 것은 오직 글쓰기뿐이었다. 생존과 글쓰기는 뒤라스에게 같은 말이었다. 물론 대문호 뒤라스에게도 글이 잘 써지지 않을 때가 있었다. 그럴 때마다 포도주를 마셨다. 하루에 6리터의 포도주를 마시며 글을 쓰다가 알코올중독 치료를 받았다는 일화는 뒤라스에게 글쓰기가 얼마나 치명적인 매력이었는지를 우회적으로 알려 준다. 그러나 모든 인간이 겪어야 하듯 그에게도 죽음은 예외 없이 가까워지고 있었다. 보통 사람들과 다른 것이 있다면 뒤라스의 마지막 순간을 채운 사건이다.

1980년, 혼자 글을 쓰면서 "이 세상 모든 사람들과 함께" 살아가던 뒤라스는 오랜 독자인 얀 앙드레아를 만나 사랑에 빠진다. 뒤라스의 표현처럼, "내 인생에 어마어마한 일이 일어났다." 60대 후반의 여성과 20대 남성의 사랑을 세상 사람들은 함부로 이야기했지만, 정작 두 사람은 자신들의 사랑에 마지막 순간까지 충실했다. 무엇보다 뒤라스는 끝까지 글을 써 내려갔다. 뒤라스의 마지막 작품 『이게 다예요』는 글쓰기와 사랑만이 죽음의 반대말임을 알려 준다. 뒤라스가 병상에 누워 직접 쓸 수 없게 되자 그의 말을 얀이 대신 글로 정리했다. "난 삶을 사랑해. 비록 여기 이런 식의 삶일지라도." 식민지 베트남에서 태어난 가난한 프랑스 소녀는 자신에게 주어진 운명을 글쓰기로 극복했다. 사랑을 감추지 않았고, 혁명을 포기하지 않았으며, 언제나 깊은 시선으로 인간을 응시했다.

1993년 뒤라스는 "문학은 결코 나를 저버리지 않았다."는 말로 자신에게 글쓰기가 생의 전부였음을 시인했다. 그로부터 3년 후, 뒤라스는 세상을 떠났다. 1995년 출간된 『이게 다예요』는 뒤라스의 유서이기도 하다. "나는 글을 쓰고 싶다."고 당당하게 외쳤던 뒤라스가 옳았다. 뒤라스의 어머니는 참으로 부질없는 걱정을 했다. 문학과 연극, 영화를 넘나들며, 뒤라스는 글 쓰는 여자가 얼마나 눈부시게 매 순간 성장할 수 있는지 제대로 증명해 냈다. 과연 글 쓰는 여자는 빛난다.

누구도 응원해 주지 않았지만,
뒤라스는 자신이 걷고 싶은 길을
스스로 개척했다.

글 쓰는 여자는
새로운 인생을 시작한다

"부모는 그녀가 집에 돌아오길 기다리고 있었다. 그녀는 전보를 쳐서 책과 옷을 보내 달라고 했다. '걱정 마세요, 만사 잘됨.' 그리하여 하나의 문이 마침내 닫혔다. 닫힌 문 저편에 농장과, 그 농장이 만들어 낸 소녀가 있었다. 그것은 이제 그녀와 관계없었다. 끝난 것이다. 그녀는 그것을 잊을 수 있었다. 그녀는 새 사람이었다. 그리고 엄청나고 멋지고 완전히 '새로운' 인생이 시작되고 있었다."

도리스 레싱은 열네 살에 학교를 떠났다. 지루하기만 한 학교와 달리, 책은 언제나 경이로웠다. 다행히 "책장에 항상 책이, 고전이 꽂혀" 있었다. 학교를 그만둔 대신 농장 일을 해야 했지만, 시간을 아껴 가며 책을 읽었다. "소설에서 어떤 책이 언급되면 그 책을 주문"했다. 그런 식으로 도리스 레싱은 "책을 계속 주문"했다. 영국에서 "바다를 건너" 아프리카로 오고 있을 책을 생각하면 가슴이 두근거렸다. 80세가 훌쩍 넘어 생각해 봐도 "평생 제일 좋았던 날은 책이 도착하는 날들"이었다. 아프리카의 농장에서 책을 읽으며, 도리스 레싱은 어떻게든 다른 삶을 살아 보리라 결심한다. "똑똑했지만" 10대에 학교를 그만둔 도리스 레싱이 할 수 있는 일은 많지 않았다. 전화 교환원, 타이피스트로 돈을 벌면서 글을 쓰기 시작했다. 자신이 원하는 삶과는 여전히 거리가 멀었다. '나는 왜 이곳에 있을까?' 가끔씩 그런 생각도 들었다.

크리켓 국가대표였던 도리스 레싱의 아버지는 제1차 세계대전에 참전했다. 전쟁에서 다리를 잃은 아버지는 "영국을 극도로 갑갑하게" 여기고 현실에 적응하지 못했다. 그나마 "다니던 은행에 어딘가 다른 곳으로 보내 달라고 요청"했다. 도리스 레싱은 1919년 '페르시아'에서 태어났다. "완전히 비실용적인 사람이었던" 아버지는 테헤란에서도 정착하지 못한 채 영국으로 돌아온다. 1924년, 만국박람회가 열리던 참이었다. "박람회의 남아프리카 로디지아(지금의 짐바브웨) 전시대에는 엄청나게 큰 옥수숫대와 '5년 내에 부자가 됩니다.'"라는 구호가 붙어 있었고, 아버지는 "바로 짐을" 쌌다. 남아프리카 외딴 농가에서의 생활이 시작되었다. 많이 실망스러웠다.

도리스 레싱은 자신이 태어난 곳과 자란 곳을 모두 부정하고 싶었다. 환멸로 가득했다. 생래적 허무주의자 도리스 레싱은 아프리카에서도 또 한 차례 인간의 한계를 깊이 깨닫는다. 그는 남아프리카의 관목 숲 사이에서 "시간이 한 손으로 모든 것을 주면서 또 한 손으로는 그것을 전부 빼앗아 간다는 사실을" 알게 되었다고 고백했다. 시간에 집착하자 삶이 조급해졌다. 성취욕 강한 어머니 앞에서 딸은 숨이 막혔다. 일상의 권태도 지긋지긋했다.

어디론가 탈출하는 심정으로 1939년에 결혼했지만, 불행은 더욱 확실해졌다. 미래가 보이지 않았다. 이혼은 불가피했다. 도리스 레싱은 가치관이 비슷한 남자에게 기대를 걸어 보기로 한다. 다시 한 번 가정을 꾸렸지만, 현실은 견고했다. 도리스 레싱은 자신의 오판을 인정하고 두 번째 남편과 결별한다. 두 살, 일곱 살, 아홉 살이 된 아이 셋과 당장 하루하루를 살아야 했다. 생계조차 불투명한 시절이었건만, 자꾸 멀리 떠나고 싶었다.

무엇을 할 것인가? 사실 물어볼 필요도 없었다. 도리스 레싱은 작가가 되고 싶었다. 오랫동안 준비해 온 원고도 있었다. 도시에서 책을 내고 싶었다. 요하네스버그의 한 출판사가 손을 내밀었지만, 계약 조건이 지나치게 불리했다. 긴 시간 다듬어 온 자신의 소중한 작품을 팔아 치우듯 세상에 내놓을 수는 없었다. 도리스 레싱은 "바다를 건너"기로 결심한다. 영국에서 책이 오기만을 기다리던 소녀는 성장해 어른이 되었다. 이제 자기가 영국에서 책을 낼 차례가 되었다고 믿고 싶었다. 직접 부딪쳐 보기로 한다.

시작은 초라했다. 도리스 레싱은 『풀잎은 노래한다』 원

쓰다

고만 손에 쥔 채 1949년에 무작정 런던으로 향했다. 타이피
스트로 일을 하며 아이들을 혼자서 키워야 했지만, 가까운
미래에 반드시 작가가 되고 싶었다. 부지런히 출판사를 찾
아다녔다. 도리스 레싱은 자기 원고에 확신이 있었다. 남아
프리카로 이주한 평범한 영국 가정에서 살인 사건이 일어난
다. 피살자 메리는 백인 여성이고, 살인범은 그 집에서 일하
던 모세라는 흑인 원주민이다. 이웃들은 메리의 죽음을 슬
퍼하지 않는다. 남편 리처드가 폐인이 된 원인이 메리에게
있다고 생각했기 때문이다.『풀잎은 노래한다』는 이 사건의
전말을 파헤친다. 날카로운 현실 인식과 짜임새 있는 구성이
돋보이는 작품이었다. 출간 5개월 만에 7판까지 인쇄될 정
도로 독자들의 사랑을 받았다. 도리스 레싱의 자전적 소설

인 『마사 퀘스트』(1952) 역시 큰 찬사를 받았다. 동시에 런던은 그에게 거대한 학교였다. 도리스 레싱은 유난히 호기심이 많았다.

1952년, 도리스 레싱은 영국 공산당 작가 모임에 가입했다. "우리가 충성을 바칠 철학"이란 "없다"고 주장하는 작가의 선택치고는 기이했다. 도리스 레싱은 차가운 질문도 곧잘 던졌다. "항상 슬픔과 눈물로 끝나는 정치 철학이 도대체 왜 필요하겠어요?" 의아한 일이었다. 도대체 그는 어떤 이유로 공산당 작가 모임에 들어갔을까? 이번에도 책 때문이었다. "모든 것을 다 읽은 사람들은 공산주의자밖에 없었습니다. 당시 공산주의는 책을 읽는 문화였으니까요." 도리스 레싱은 "정치 집회에는 가지 않았"지만, "아주 흥미로운 인물들"

과 책을 읽고 이야기를 나누기 위해 공산당 작가 모임에 참석했다고 밝혔다. 그다운 결정이고 행동이었다.

하지만 영국의 공산주의자들이 "소련과 사회주의 이상을 동일시"하는 태도를 보이자 도리스 레싱은 과감하게 반기를 들었다. 서로 다른 것을 같은 것이라고 착각하거나, 그 차이를 분명히 알면서도 태연하게 거짓말하는 사람들과는 함께 책을 읽을 수가 없었다. "부정하고 부패한 모든 것들, 거짓말과 재판과 비뚤어진 모든 것들과 스스로를 동일시했다는 것"을 덮을 수 없었다. 1956년, 헝가리 봉기가 일어나자 도리스 레싱은 탈당했다. 에드워드 톰슨 역시 비슷한 시기에 도리스 레싱과 같은 결정을 내렸다. 두 거장은 영국 공산당 내부로부터 철저하게 무시당하거나 과도하게 비난받았다. 탈당 과정에서 그가 받은 상처는 매우 컸지만, 이 시기의 경험이 도리스 레싱의 문학을 한층 깊이 있게 만들었다.

그로부터 6년 후, 도리스 레싱은 『황금 노트북』(1962)을 발표한다. 안나와 몰리 두 여성의 이야기가 순환 구조를 이루는 이 작품은 새로운 소설의 지평을 열었다. 일기, 수필, 수기, 자전적 소설 등 다양한 형식이 자유롭게 결합되어 있는 『황금 노트북』은 성차별과 식민 지배, 인종 문제, 권력 투쟁 등의 사회 문제를 해부하듯 다루었다. 하지만 도리스 레싱은 자신의 소설이 특정 이념으로 분석된다면 그것은 비평이 아니라 오독일 따름이라고 주장하면서, 작가로서 삶의 다양한 측면들을 이야기한다는 원칙만을 고수한다고 밝혔다.

1950년부터 2008년까지 도리스 레싱은 50편이 넘는 작품을 꾸준히 발표했다. 거의 매해 책을 출간했다. 그는 과거에 함몰되지 않고, 현재에 안주하지 않기 위해 최선을 다했다. 미래가 달라질 리 없다고 단정 짓는 "도덕적 피로"를 항상 경계했다. 도리스 레싱은 공상과학 소설, 신화, 자서전, 오페라 대본 등 다양한 장르의 글을 거침없이 써 내려갔다. 단 한 번, 자신에게 다가올 '새로운' 미래를 반가워하지 않았다.

도리스 레싱은 2007년 노벨 문학상 수상자로 선정되었다. 집 앞으로 취재진이 몰려들었다. 도리스 레싱은 심드렁했다. 노벨상부터 비판했다. 기자들에게도 친절하지 않았다. 도리스 레싱은 행여나 앞으로 글 쓸 시간이 줄어들까 봐 그 걱정만 했다. 88세 생일을 맞이할 즈음이었다. 도리스 레싱은 94세까지 도전을 멈추지 않는 작가로 살았다. 어린 시절의 불행했던 기억이 작가로서의 자산이었다고 쓴웃음을 지으면서도 그 누구보다 자신의 삶을 사랑했다. 런던으로 가기 위해 망망대해를 건너는 순간부터 도리스 레싱은 작가의 길을 걷고 있었다. 글 쓰는 여자는 새로운 인생을 시작한다.

가진 것 없이 아이 셋을 혼자
키워야 했던 힘든 시절,
레싱은 작가가 되기 위해 과감하게
런던으로 떠났다.

레싱은 노벨 문학상 수상 소식을
듣고도 심드렁했다.
행여나 앞으로 글 쓸 시간이
줄어들까 봐 그 걱정만 했다.

글 쓰는 여자는
온전히 자기 자신의 삶을 살아간다

✦ 버지니아 울프

"1928년 11월 28일 수요일. 아버지 생신. 살아 계셨으면 96세가 되었을 것이다. 그렇다, 오늘로 아버지는 96세다. 그도 다른 사람들처럼 96세가 될 수 있었지만, 고맙게도 그렇게 되지는 않았다. 그랬더라면 그의 인생이 내 인생을 완전히 끝장내 버렸을지 모른다. 그랬다면 어떻게 됐을까? 나는 글도 쓰지 못했을 것이고 책도 없었을 터, 생각할 수 없는 노릇이다."

버지니아 울프의 아버지는 케임브리지 대학교 교수였고 『영국 인명사전』의 초대 편집장을 역임한 레슬리 스티븐. 1882년 영국 런던의 명문가에서 태어난 버지니아 울프가 어떤 사건으로 아버지에게 억하심정을 품게 되었는지 단정하기는 어렵지만, 그녀의 일기 속에 사건의 실마리를 풀 수 있는 단서가 있다.

어린 시절부터 버지니아 울프는 아버지의 서재에서 책을 읽었다. 아버지는 자신을 닮은 둘째 딸을 자랑스러워했

쓰다

다. 책을 좋아하는 딸에게 읽고 싶은 만큼 다 읽되, 마음에
드는 책은 반드시 두 번 읽어 보라는 독서 지침까지 자상하
게 알려 주기도 했다. 헨리 제임스, 테니슨, 토머스 하디, 조
지 메러디스, 윌리엄 홀먼 헌트 등이 아버지의 친구들이었
다. 그들은 버지니아 울프의 집에 자주 놀러왔다. 식사를 마
치면 문학과 예술 작품, 정치 현안 전반을 놓고 밤늦게까지
토론하기 일쑤였다. 아버지와 아버지의 친구들은 멋있었다.
버지니아 울프는 아버지처럼 케임브리지 대학교에 들어가고
싶었지만, 단지 여자라는 이유로 그 꿈은 좌절될 수밖에 없
었다.

　아버지는 딸에게 학교는 남자들이 가는 곳이라고 못을
박았다. 버지니아 울프는 1900년 전후의 영국 현실을 도무

지 납득하기 어려웠다. 형제들은 모두 사립 기숙학교를 거쳐 케임브리지 대학교에 진학하지 않았던가? 왜 자신과 언니만이 학교 교육에서 소외되어야 하는지 이해할 수 없었다. 버지니아 울프는 여러 차례 학교에 가고 싶다고 간청했지만, 아버지는 딸의 뜻을 잘못 짚어 낸다. 딸들을 위해 두 명의 가정교사를 초빙하고, 수학은 자신이 직접 가르쳤다. 어머니는 라틴어와 프랑스어, 역사를 맡았다. 버지니아 울프에게 케임브리지 출신의 남편감을 소개해 주면 충분하다고 생각했다. 큰 착각이었다.

케임브리지 진학은 좌절되었지만, 그렇다고 가만히 있을 수만은 없었다. 버지니아 울프는 1896년 킹스 칼리지에서 그리스어와 역사 과목을 청강하는 한편 형제들의 케임브리지

쓰다

친구들과 토론 모임을 가진다. 이즈음 아버지는 암 판정을 받았고, 투병 끝에 1904년 사망했다. 아버지를 잃은 버지니아 울프는 정신 착란을 겪을 만큼 큰 슬픔에 빠진다. 그 고통에서 벗어나고자 버지니아 울프는 처절하게 몸부림쳤다.

버지니아 울프는 1904년부터 《가디언》과 《타임스》에 서평을 쓰기 시작했고, 1905년에는 노동자 대상의 야간 수업을 맡아 교사 생활도 했다. 1907년이 되자 소설을 써 보기로 결심한다. 글쓰기를 시작한 이상 버지니아 울프는 위대한 작가가 되고 싶었다. 우선 당대 최고의 지식인들을 만나 보기로 한다. 경제학자 존 케인스와 미술 평론가 로저 프라이, 소설가 에드워드 포스터 등과 버지니아 울프는 블룸스버리 클럽을 결성했고, 이 모임은 1930년대까지 지속되었다.

버지니아 울프의 독서 목록은 나날이 늘어만 갔다. 아버지의 서재를 졸업한 버지니아 울프는 대영도서관으로 출근하기 시작한다. 동시에 자신의 작품과 사상을 블룸스버리 클럽 회원들과 토론하며 다음 독서 일정과 집필 계획을 수립했다. 버지니아 울프는 아버지를 잃은 상실감과 죽음의 공포로부터 서서히 벗어나고 있었다. 버지니아 울프에게 "글쓰기가 가장 좋은 일이라고 여기고" 진심 어린 격려를 아끼지 않은 레너드와 1912년 결혼을 한다. 버지니아 울프는 희망찬 미래를 꿈꿨다. "우리는 아주 많은 일을 하게 될 거야." 두 사람은 멋진 동반자였다.

문학적 동지였던 남편 레너드와 출판사를 운영해 보기로 마음먹고, 버지니아 울프는 1917년 3월 인쇄기를 설치하고 조판을 직접 맡았다. 출판인 버지니아 울프 역시 열정적이었다. "우리 인쇄기에 대해서 들은 적 있니? 우리는 너무나 흥분해서 다른 것에 대해서는 말하지도, 생각하지도 않는단다." 애서가인 울프 부부가 차린 호가스 출판사는 성공 가도를 달렸다. 버지니아 울프는 "나는 1미터 높이의 원고 탑을 읽어 낼 수 있다. 나는 신중하게 읽었다. 왜냐하면 그것들 중 많은 것이 출판의 가부를 결정할 경계선상에 있어, 심사숙고해야만 했기 때문이다." 버지니아 울프는 책 읽기를 즐거워했을뿐더러 언제나 자신이 뛰어난 안목을 갖춘 독자라는 자부심이 있었다. 하지만 글쓰기는 조금 달랐다. 자신이 쓴 글 앞에서 버지니아 울프는 무엇인가 미진함을 자주 느꼈다. 그럴 때마다 스스로 함량 미달의 삶을 살고 있는 것만 같았다.

　　출판사 규모가 점점 커지자 버지니아 울프는 전업 작가의 자리로 다시 돌아가기로 한다. 출판 기획자로 활동하면서 버지니아 울프는 제임스 조이스, 프로이트, T. S. 엘리엇 등과 교류했다. 그 사이 작가적 역량도 일취월장했다. 1925년에 『댈러웨이 부인』, 1927년에는 『등대로』를 연이어 발표하면서 버지니아 울프는 드디어 작가로서 자신감을 획득한다. "내 마음 속에서 자기 자신의 목소리로 무엇인가 말하는 방법을 찾아냈다는 사실을 확신"하고 나자 일종의 해방감도 느꼈다. "매일같이 아버지와 어머니 생각을 하곤 했다. 그러나 『등대로』를 쓰고 난 다음에, 나는 그들을 내 마음속에 묻어 버렸다." 버지니아 울프는 "나는 이제 누가 칭찬하지 않아도 앞으로 나아갈 수 있을 것이라는 느낌이 든다."고 선언했다. 하지만 2차 세계대전이 그를 가로막았다.

네덜란드와 벨기에를 점령한 독일은 1940년 9월 영국 런던에 매일같이 공중 폭격을 가한다. "유대인은 모두 집단 수용소로 가야 한다는" 이야기도 들렸다. 남편 레너드는 유대인이었다. 버지니아 울프의 삶도 서서히 황폐해진다. 게다가 런던이 폐허가 되어 가고 있었다. "내가 일생 가장 사랑한 런던이 무참히 파괴된 모습을 본다는 것, 이것은 내 가슴을 미어지게 했다." 전쟁은 어떤 운명보다도 처참했다. "런던에서 내 가슴을 뒤집어 놓은 것은, 지난번 공격 때 잿더미가 되어 버린 노인들이었습니다. 그들은 다음번 공격을 각오한 채로 집의 뒤채에서 살고 있었답니다." 그래도 버지니아 울프는 생각하고, 읽고, 쓰면서 종전만을 기다렸다. 하지만 2차 세계대전은 끝날 기미가 보이지 않았고, 버지니아 울프의 상처는 더욱 깊어졌다. "오늘도 틀렸다." 두통이 심해지고, 글을 못 쓰는 날들이 반복되었다. 그리고 1941년 3월 28일 버지니아 울프는 남편 레너드에게 편지를 남기고 먼 길을 떠난다. "이제 나는 글을 제대로 쓸 수 없어요. 읽기도 힘들어요."

글을 쓰다 미쳐 버린 여자가 맞은 비극적 최후로 버지니아 울프의 죽음을 이야기하는 사람들이 있다. 여자가 글을 쓰면 미치거나 불행해지거나 혹은 처참하게 죽게 된다는, 거의 저주에 가까운 관점에 나는 조금도 동의할 수 없다. 버지니아 울프는 방 안에서 혼자 책을 읽고 글을 쓰다가 심한 우울증에 걸려 자살한 것이 아니다. 전쟁이 버지니아 울프의 삶을 훔쳐 갔다. 버지니아 울프는 글을 쓸 때만 "앞으로 나아가는" 자신을 느꼈다. 그러한 작가의 삶이 전쟁으로 중단된 것이다. 버지니아 울프는 한 줄의 글도 읽고 쓸 수 없게 되자 생을 마무리하기로 결정한다.

실제로 버지니아 울프는 작가가 된 이래 매일 열 시간 이상 읽고 쓰는 규칙적인 삶을 실천했다. 버지니아 울프는 글쓰기에 모든 것을 건 작가였다. "천국, 그곳은 피곤해지지 않고 영원히 책을 읽을 수 있는 곳이 아닐까?"라고 상상했던 버지니아 울프. 그녀는 자신이 지상에서 맡았던 글쓰기라는 과제를 성실하게 마친 후 세상을 떠났다. 지금은 천국에서 책을 읽고 있으리라 믿는다. 글 쓰는 여자는 온전히 자기 자신의 삶을 살아간다. 마지막 순간까지 치열하게 글을 쓰면서. 버지니아 울프는 위대한 작가였다.

"나는 이제 누가 칭찬하지 않아도
앞으로 나아갈 수 있을 것이라는
느낌이 든다."

글 쓰는 여자는
사라지지 않는다

✦ 시도니 가브리엘
콜레트

"내게는 문학적 재능이 없었고, 만약 『학교에서의 클로딘』 성공 이후에 다른 일들이 주어져서 조금씩 글 쓰는 습관이 들지 않았다면 십중팔구 다른 글을 쓰지는 않았을 겁니다." 콜레트는 이쯤에서 위험한 발언을 멈추지 않았다. 1936년 벨기에 왕립 아카데미에서는 더욱 심각한 이야기도 털어놓았다. "매일 내 일 앞에 더 조심스러워지고 이 일을 계속해야 하는지 점점 더 확신을 갖지 못하는 저는 두려움을 느껴야만 마음이 놓입니다."

콜레트가 누구인가? 세상을 자신의 발밑에 두었던 코코 샤넬도 콜레트의 작품을 읽으며 영감을 얻는다고 실토하지 않았던가? 프랑스 여성문학의 개척자로 일컬어지는 콜레트가 문학적 재능이 없을 뿐 아니라 "매일 내 일 앞에 더 조심스러워"진다고 고백했다니 도무지 믿기지가 않는다. 하지만 진실이었다. 콜레트는 단 한 순간도 쉽게 글을 쓰지 못했다. 생계 때문에 2년 동안 배우로만 살며 작가의 삶을 되찾

쓰다

으려 애쓰던 터널 같은 시간을 통과했지만 끝이 아니었다. 새로운 글을 내놓지 못할 바에야 글을 쓰지 말자고 다짐했던 천형의 시간도 자주 반복되었다. 그야말로 "글쓰기는 기쁨이자 고통이었다." 콜레트의 인생도 기쁨과 고통이 매번 교차했다.

콜레트는 1873년 프랑스 욘 지방의 생소르베에서 태어났다. '클로딘' 시리즈를 버젓이 자신의 이름으로 출간한 것으로도 부족해 저작권을 움켜쥐고 있다가 마음대로 팔아 버린 첫 번째 남편 윌리는 콜레트를 "똑똑하고 영악한 시골 소녀, 찢어지게 가난했고"라는 말로 폄훼했다. 윌리는 여성 작가의 작품은 출간도 못 되고 팔리지도 않는다는 현실을 핑계 삼아 콜레트를 천년만년 유령 작가로 자기에게 묶어 두려 했다. 콜레트는 개의치 않았다. 그런 과거와 깨끗이 결별하고 성큼성큼 앞으로 나아갔다.

콜레트도 처음부터 당당했던 것은 아니다. 그저 그래야 할 것 같아서 남편에게 복종하고 모든 것을 인내하며 산 세월이 있었다. 파리에 도착했을 당시 콜레트는 완벽하게 빈손이었다. 가진 것 하나 없이 행색도 초라했지만, 콜레트는 젊고 똑똑했다. 그래서 더욱 절망스러웠다. 화려한 파리의 살롱과 카페에서 콜레트는 이유 없이 주눅 들고 숨이 막혔다. 콜레트의 신세계는 다른 곳에서 펼쳐졌다. 돈이 없어도 옷이 후줄근해도 기죽지 않고 온갖 책을 마음껏 읽을 수 있는 파리의 도서관에 콜레트는 흠뻑 빠져들었다. 『파리의 클로 딘』에서 그 이야기가 본격적으로 펼쳐진다. 1901년 출간된 『파리의 클로딘』은 콜레트의 독서 일기이자 자전적인 성장 소설이었다. 시골 소녀 클로딘은 파리에서 환호를 연발했다. "소르본대학교가 바로 옆이야! 지리학회도, 생주느비에브 도서관도 정말 가까워!"

언제 해가 뜨고 지는지도 모를 정도로 콜레트는 책을 읽 었고, 자연스럽게 멋진 친구들도 만나게 되었다. 괴테의 『파 우스트』를 연주회용 악곡으로 만든 「파우스트의 영벌」 공 연장에서 "무정부주의자 음악가들, 세계의 얼굴을 바꾸게 될 작가들, 그리고 가난 속에서도 음악을 사랑하는 젊은 청 년들"을 만나고, 빅토르 위고의 작품들을 재빨리 섭렵한다. 베르톨트 아우어바흐의 작품에서 "서로 사랑하는 두 아이 의 우정이 묘사된 구절"에 심취하고, 셰익스피어와 미켈란젤 로, 몽테뉴, 테니슨, 바그너, 휘트먼, 카펜터의 글을 읽으며 콜레트는 "힘을 얻었"다. "플라톤의 향연에 등장하는 젊은 이들" 전부를 떠올리는 한편, 중세 프랑스의 철학자인 아벨 라르의 개념론을 자기 것으로 만들 궁리를 한다.

"책을 읽고 또 읽고, 정말 책만 읽었다. 닥치는 대로 읽었 다. 책이 나를 이곳에서 끌어내 줄, 나 자신으로부터 꺼내 줄 유일한 것이었다." 하지만 세상은 그런 콜레트가 못마땅 했다. 콜레트는 "오, 클로딘! 나쁜 책을 많이 읽은 아가씨"로

호명된다. 고전도 여자가 읽으면 "나쁜 책"으로 둔갑하고 마는 것일까? 여자가 멀쩡한 책을 어떻게 나쁘게 변모시키는지 알아낼 도리는 없지만, 책을 읽으며 콜레트는 점점 지혜로워졌다. 비로소 자신을 진심으로 아끼는 사람들의 말이 들리기 시작한다. 어머니와 몇몇 친구들은 콜레트에게 너는 너의 이름으로 글을 쓰고 작가로 살아가면서 여성들에게 희망을 주는 사람이 되어야 한다고, 꼭 그렇게 될 것이라고 밑도 끝도 없이 콜레트를 칭찬하며 여성 작가의 탄생을 기다렸다. 콜레트도 더 이상 허송세월하지 않고 자기 삶의 주인공으로 살기 시작했다.

콜레트는 누군가를 제대로 격려해 주는 일이 때로는 한 사람의 인생을 바꾸고 세상을 더 나은 곳으로 만든다는 사실을 경험하게 된다. 콜레트도 먼저 누군가를 알아보고 응원하는 사람으로 살았다. 1951년, 콜레트는 지독한 관절염으로 고생하며 어쩌면 자신에게 남은 시간이 얼마 안 될지 모른다는 예감에 휩싸였다. 그러자 가 보지 않은 길이 궁금해졌다. 자전적 소설을 스스로 극으로 각색까지 한 「지지」를 브로드웨이 무대에 올려 보고 싶었다. 주인공 지지 역을 물색하던 중 몬테카를로에서 우연히 오드리 헵번을 발견하고, 콜레트는 그 자리에서 일어났다. "저길 봐, 내가 찾던 지지야." 대문호 콜레트가 손짓했지만, 오드리 헵번은 무대 위에서 연기를 해 본 적이 없다는 이유로 출연을 거절한다. 콜레트는 오드리 헵번을 끈질기게 설득했다. 공연 전까지 특별히 두각을 드러내지 못한 채 그저 맹렬히 연기 수업을 받을 뿐이던 오드리 헵번은 막이 오르자 서서히 역량을 발휘하기 시작했고, 막이 내릴 때쯤에는 관객들을 완전히 사로잡았다.

「지지」 공연을 성공적으로 마친 오드리 헵번은 마치 다시 태어난 사람처럼 다음 영화 촬영에 몰입했다. 1953년 개봉된 「로마의 휴일」의 주인공 오드리 헵번은 그렇게 세계적인 배우가 되었다. 은퇴 후 오드리 헵번은 아프리카에서 구호 활동을 하며 자신이 받은 사랑을 다음 세대의 누군가에게 조건 없이 전했다. 콜레트의 어깨에 기댄 채 함께 대본을 읽는 오드리 헵번의 모습은 천진스럽고 아름답다. 죽음을 예감하며 글쓰기에 처절하게 매달리고 있었던 70대 후반의 콜레트와, 2차 대전의 소용돌이 속에서 받은 유년의 상처를 극복하지 못한 채 두려움을 안고 살아가던 20대 초반의 오드리 헵번은 사람과 사람이 만나 얼마나 아름다운 인연을 만들 수 있는지 나지막이 이야기한다. 두 사람은 분명 서로에게 축복이고 선물이었다.

콜레트는 낙천적이었다. 자신에게 닥친 불운을 새 출발의 기회로 전환시키는 승부사 기질도 강했다. 결단력도 뛰어났다. 한때 자신의 책이 남편의 이름을 달고 날개 돋친 듯 팔려 나가며 사람들의 사랑을 받는 모습을 쓸쓸하게 지켜

쓰다

보기도 했지만, 어리석고 뼈아픈 경험을 두 번 다시 반복하지는 않았다. 콜레트는 자기만 쓸 수 있는 글이 무엇인지 고민했고, 항상 명쾌한 답을 찾았다. 활동적이었던 콜레트가 지병으로 칩거하게 되었을 때 사람들은 콜레트를 염려하고 동정했지만, 콜레트는 방 안에서 파리 사람들을 제대로 관찰할 수 있는 기회가 생겼으니 작가인 자신에게는 전혀 문제가 아니라고 응수하며 4년 동안 더욱 날카로운 글들을 써 내려갔다.

살아갈수록 콜레트에게는 근사한 일들이 잇달았다. 1949년 콜레트는 여성 최초로 콩쿠르 아카데미 회장이 되었고, 레지옹 도뇌르를 네 차례 수훈했다. 15권의 전집도 완간되었다. 1954년 콜레트가 81세의 나이로 세상을 떠나자 프랑스는 위대한 작가를 잃은 슬픔을 국장으로 표현했다. 콜레트의 작품을 사랑했던 수많은 독자들이 장례 행렬에 참가했다. 하지만 콜레트는 세상과 완전히 작별하지 않았다. 여러 권의 미발표 서간집들이 사후에도 꾸준히 출간되었기 때문이다. 콜레트는 여전히 누군가에게 무엇인가를 이야기하고 있었다.

콜레트는 일찌감치 깨달았다. "펜을 든 사람이 세상을 바꿉니다." 누군가는 펜을 들고 시작해야만 했다. 콜레트는 자신의 생애를 소설로 발표하며, 여성의 삶은 그 자체로 이미 멋진 이야기라는 사실을 사람들에게 알려 주었다.

2019년 봄, 명배우 키이라 나이틀리는 고난과 영광의 회전문을 넘나들던 콜레트의 삶을 우리 앞에 새롭게 소환했다. 콜레트의 말은 진실이었다. 펜을 들고 글을 쓴 여자가 결국 주인공이 되었다. 글 쓰는 여자는 사라지지 않는다.

"글쓰기는 기쁨이자 고통이었다."

오드리 헵번과 대본을 읽고 있는 콜레트.
콜레트는 누군가의 재능을 정확하게 알아보고 응원하는
사람으로 살았다.

글 쓰는 여자는
사랑을 증명한다

✦ 프리다 칼로

"나는 미술 선생을 해 본 적은 한 번도 없고, 선생이 되겠다는 생각도 없다. 나는 언제나 배우는 사람이었다. 그림을 그린다는 것이 세상에서 가장 멋진 일이라는 것은 분명하지만, 제대로 그린다는 것은 아주 어려운 일이다. 기법을 제대로 익혀야 하고, 아주 엄격한 자기 수양이 필요하고, 무엇보다 사랑이 필요하다."

1922년, 프리다 칼로는 멕시코 최고의 명문인 국립 예비학교에 입학했다. 2,000여 명 학생들 가운데 여학생은 35명뿐이었다. 프리다 칼로는 의과대학 진학을 목표로 5년 과정에 등록한다. 여섯 살 되던 해인 1913년에 소아마비를 앓았던 그는 의사가 되고 싶었다. 예비학교는 역동적이었다. 1910년 멕시코 혁명의 여파가 고스란히 남아 있었다. "그때는 진실의 시대, 신념의 시대, 열정의 시대, 고귀함의 시대, 진보의 시대. 천상에는 음악이 있고 지상에는 칼날이 있던 시대였다. 우리는 행운아였다. 프리다를 포함해서 우리는

「망가진 척추」(1944)

행운아였다." 예비학교 학생들은 오직 수준 높은 지성과 완벽한 논리 앞에서만 고개를 숙였다.

동아리 '카추차스'가 단연 돋보였다. 프리다는 카추차스에 들어가 고전을 삼키듯 읽었다. "카추차스 회원들과 친구들은 누가 더 좋은 책을 찾아내는지, 그 책을 누가 먼저 읽는지 경쟁을 벌였으며, 때로는 자기들이 읽은 것을 각색하고 연기했다." 다양한 분야의 고전을 섭렵하다 보니 프리다는 자연스럽게 스페인어, 영어, 독일어 책을 읽을 수 있게 되었다. 프리다는 훌륭한 의사가 될 준비를 마쳤다고 생각했다. 하지만 그는 환자가 되었다.

1925년 9월 17일, 프리다는 교통사고를 당했다. "버스에 오르고 얼마 후에 충돌이 일어났다. 원래 다른 버스를 탔는데, 양산을 두고 와 그걸 찾으러 가느라 내렸다. 그래서 망할 놈의 그 버스에 타게 된 것이다." 전차와 버스가 충돌했고, 프리다 칼로의 몸이 부서졌다. 긴 수술 후, 프리다 칼로는 침대에 누워 석고 깁스 속에 갇혀 지내야 했다. 치료비는 천문학적이었다. 집 안의 가구들이 하나둘씩 사라졌다. 병상에서 프리다 칼로는 학교를 포기했다. "교통사고가 나의 진로를 비롯한 많은 것을 바꿔 놓은 이래, 나는 세상이 정상적인 것이라고 생각하고 싶은 욕망을 채울 수 없었다. 채우지 못한 욕망을 그림으로 표현하는 것만큼 자연스러운 것은 없는 것 같았다." 프리다 칼로는 그림을 그리며 조금씩 자신감을 되찾았다. 용기도 생겼다. 교육부 건물에 벽화 작업 중이던 디에고 리베라를 다짜고짜 찾아간다.

"나는 먹고 살기 위해 일을 해야 합니다. 그림의 전문가인 당신 의견을 듣고 싶어요. 허영심으로 그림을 그릴 시간이 없습니다. 좋은 화가가 될 가능성이 있는지, 그것만 말해 주세요. 제 작품 세 점을 가지고 왔어요." 멕시코를 대표하는 화가이자 진보 진영을 규합하는 운동가로 이미 유명했던 디에고는 프리다의 그림을 보고 강렬한 인상을 받았다. 세 점의 그림 가운데 「벨벳 옷을 입은 자화상」(1926)은 매혹 그 자체였다. 디에고는 무서운 신인을 한눈에 알아봤다. 프리다에게 이대로 꾸준히 자신의 개성을 유감없이 발휘하는 그림을 그린다면 반드시 화가로 성공할 것이라고 격려한다. 사실 디에고의 조언이 없었다 할지라도 프리다는 그림을 포기하지 않았을 것이다. "나는 나만의 현실을 그린다. 나는 그림을 그리지 않을 수 없기 때문에 그림을 그린다."

3년의 회복 기간을 거쳐 1928년에 프리다는 카추차스 회원들과 다시 만난다. 예비학교 졸업 후 다양한 전문 분야로 진출할 준비를 마친 친구들에게 조금도 뒤처지고 싶지 않았다. 친구들은 대통령 선거 운동과 대학 자율화 투쟁에 앞장섰다. 프리다는 서 있기도 힘들었지만, 친구들은 시위 현장을 분주하게 뛰어다녔다. 프리다는 그들보다 더 많이 읽고 썼다. 쉬지 않고 그림을 그렸다.

「가시 목걸이를 한 자화상」(1940)

이 무렵 프리다는 디에고와 사랑에 빠진다. 1910년대 파리와 뉴욕에서 국제적인 명성을 얻은 후 멕시코로 돌아온 디에고는 1920년대 거대 벽화들을 연이어 완성하며 화가로서 독보적인 위치를 차지하고 있었다. 1929년 8월, 두 사람은 부부가 되었다. 디에고의 여성 편력과 거친 성격 및 특유의 오만함은 그의 그림만큼이나 유명했다. 프리다도 디에고의 결함들을 잘 알고 있었다. 그럼에도 불구하고 디에고를 선택했다. 사랑만으로는 내릴 수 없는 결정이었다.

오랜 시간 넓은 세상을 꿈꾸던 프리다였다. 1925년 1월, 프리다는 친구 알레한드로 고메스 아리아스에게 미국행을 권유하며 자신의 포부를 밝혔다. "우리가 우리 인생을 살아야 한다고 생각하지 않아? 멕시코에서 한평생을 보낸다면 우리는 영원히 무능한 사람으로 남고 말 거야. 내게는 여행하는 것보다 아름다운 게 없어." 예비학교 시절부터 프리다는 전 세계로 뻗어 나가고 싶어 했다. 병상에서 절치부심의 시간을 보내면서도 멕시코 밖에서의 삶을 꿈꾸었다. 프리다는 인생의 목표가 같은 사람을 만나 함께 성장하고 싶었다. 디에고가 적임자였다.

1930년, 프리다와 디에고는 미국으로 향한다. 샌프란시스코와 뉴욕, 디트로이트에서 프리다는 엄청난 속도로 발전한다. 디에고도 크게 놀랐다. 디에고는 1932년 디트로이트 시절부터 프리다의 작품은 이미 자신을 훌쩍 뛰어넘었다

1929년, 프리다와 디에고의 결혼식 사진.
이들의 결합을 달갑게 여기지 않았던 프리다의 부모는
코끼리와 비둘기가 결혼하는 것 같다고 말했다.

「프리다 리베라와 디에고 리베라」
(1931)

고 회고했다. "그녀는 예술사에서 전례를 찾아볼 수 없는 걸 작들을 그리기 시작했다." 1914년부터 디에고와 가깝게 지냈던 피카소도 "드렝도 나도 당신도, 프리다 칼로가 그린 것 같은 머리는 못 그린다."는 편지를 디에고에게 보냈다.

프리다와 디에고의 결혼 생활은 평범하지 않았다. 프리다와 디에고는 결혼 이후에도 새로운 사랑을 허용했다. 프리다는 자신의 분야에서 뛰어난 기량을 펼치며 지적인 토론을 좋아하는 사람들을 언제나 반겼다. 스탈린과 일전을 벌였던 트로츠키, 인물 사진의 새로운 지평을 연 니콜라스 머레이, 천재 조각가로 불린 이사무 노구치가 모두 프리다의 지성과 열정에 매료되었다. 한편, 디에고는 아름다운 여성들과 함께 보내는 시간을 좋아했다. 충동적이고 미숙했다. 동시에 프리다에게 집착했다. 프리다의 연인을 권총으로 위협한 일도 있었다. 그런 와중에 디에고는 이혼을 강요했다. 1939년 11월에 프리다와 디에고는 이혼한다. 디에고는 이내 무너졌다. 프리다를 다시 찾아와 재결합을 애원했다. 1940년 12월, 프리다와 디에고는 두 번째 결혼식을 올린다. 프리다는 자신의 그림을 가장 잘 이해하는 디에고를 동반자로 인정했다.

어떤 사건이 벌어지더라도 프리다는 그림을 그리고 공부를 했다. 프리다의 소망은 변함이 없었다. "내가 되고 싶은 여자가 될 수 있었으면 좋겠다." 1943년 프리다는 라 에스메

쓰다

「거기 내 옷이 걸려 있다」
(1933~1938)
맨해튼 풍경이 묘사된 작품.

랄다의 교수가 되어 학생들을 만났다. "프리다의 위대한 가르침은 화가의 눈을 뛰어넘어 자신의 눈으로 세상을, 멕시코를 바라보라는 것이었다."

안타깝게도 프리다의 건강은 빠른 속도로 악화되고 있었다. 오른발은 염증 재발로 썩어 들어가고, 요추 통증도 나날이 심해졌다. 1950년 프리다는 오른발 절단 수술을 받았고, 영국에서 일곱 번의 척추 수술을 받은 후 또다시 9개월을 병상에서 머물러야 했다. "한 세기분의 고통이 지속되었다. 거의 이성을 잃을 정도로." 그렇다고 마냥 운명 앞에 굴복할 수는 없었다. 프리다는 반전 평화 운동 서명에 참여했고, 개인전을 준비했으며, 꼬박꼬박 일기를 썼다. 불가능에 가까운 일이었다. "나의 삶을 통틀어 22번의 외과 수술을 받았다." 고통도 프리다를 이기지는 못했다.

1953년 4월, 멕시코에서 처음이자 마지막으로 프리다의 작품전이 열렸다. "내 의지는 강하다. 내 의지는 변함이 없다." 개막식 날 프리다는 구급차를 타고 전시장에 도착해 침대에 누워 친구들과 손님들을 맞이했다. 그로부터 1년 3개월 후인 1954년 7월 13일, 프리다는 세상을 떠났다.

죽기 직전 프리다는 자기 작품에 짧은 인사를 남긴다. "인생 만세!" 스스로에게 전하는 따뜻한 위로의 말이었다. 쓰라렸던 자신의 삶에 보내는 찬사도 잊지 않았다. "나는 많은 것을 이루었다." 프리다 칼로의 성취 앞에 서면 언제나 겸

손해진다. 삶을 다시 사랑하게 된다. 매번 큰 용기를 얻는다.
글 쓰는 여자는 사랑을 증명한다.

「인생 만세」(1954)
세상을 떠나기 여드레 전에
그린 마지막 작품.

글 쓰는 여자는
오래된 비밀을 밝힌다

✦ 앤 카슨

"사실, 오빠가 죽기 조금 전, 1978년 이후 처음으로 저에게 전화를 했거든요. 2000년의 일이었습니다. 우리는 아주 이상하고 어색한 대화를 나누었습니다. 알고 보니 오빠는 코펜하겐에 살고 있었고, 제가 그곳으로 가서 오빠를 만나기로 했습니다. 하지만 출발하기 일주일 전에 어떤 여자에게서 전화가 와 '당신은 저를 모르시겠지만, 당신 오빠가 방금 저희 집 화장실에서 죽었어요.'라고 말했지요."

앤 카슨은 학교를 자주 옮겨 다녔다. 캐나다 "온타리오 여러 지역에서 은행 지점장"을 지낸 아버지를 따라 "온 가족이 이사를 많이 다녀야" 했다. 친구들과 헤어지기 싫었다. 자연스럽게 책과 친해졌다. '1965년쯤' 서점에서 우연히 "윌리스 반스톤의 『사포』 대역 시집"을 보고서 앤 카슨은 전율을 느꼈다. "왼쪽에 그리스어, 오른쪽에 영어가 실려 있었는데 너무 매혹적으로 보여서 이걸 배워야겠다고" 다짐한다. 둘러봐도 그리스어를 가르치는 곳이 없었다. 앤 카슨은 만나

쓰다

는 사람마다 그리스어를 배울 방법이 있을지 물어보곤 했다.

집념이 좋은 인연으로 이어졌다. 1966년에 앤 카슨은 또 이삿짐을 꾸려야 했는데, 포트 호프 고등학교의 라틴어 선생님이던 앨리스 카윈은 앤 카슨이 "그리스어에 관심이 있다는 것"을 알게 되자 점심시간을 쪼개 개인 지도를 해 주기 시작한다. 하루 중 가장 행복한 시간이었다. 앤 카슨은 그리스 문학이야말로 "인간이 만든 문학 중 가장 생각이 깊은 작품들"이라고 생각했다. 고전(古典)은 운명이었다. 진로는 확정되었다.

앤 카슨은 토론토 대학에서 고대 그리스어를 전공했고, 1981년 박사 학위를 받은 후 맥길, 프린스턴, 코넬 대학 등에서 고전문학을 가르치는 한편 고전 문헌학과 역사학, 인류학, 비교문학 등을 연구했다. "번역의 안으로 들어간다는 정신적 활동 자체도 정말 좋아"했고, 1986년 첫 번째 책 『달콤씁쓸한 에로스』를 출간한 이후부터 시, 소설, 에세이 등 장르에 구애받지 않고 많은 글을 썼다. 33년 동안 20권의 책이 나왔다. 앤 카슨은 "그리스어와 라틴어에 푹 빠져" 지적 통로를 얻기 시작한 자신의 삶을 긍정했다. 그는 파피루스의 파편을 찾아 시를 쓰고 신화를 재해석하며 인간 내면의 심연을 들여다보는 작가로 인정받았지만, 앤 카슨의 가족은 오히려 고대 그리스의 인물들보다도 더 먼 곳에 있었다.

앤 카슨은 오빠를 이해할 수 없었다. 오빠는 집안을 풍

비박산 냈다. 대학생이 된 이후로 "취향과 윤리적 기준과 한 사람을 그 사람으로 만드는 모든 면에서" 오빠는 문제적이었다. 급기야 마약을 팔기 시작했고, 앤 카슨은 "그것이 멍청한 짓이라고 생각했기 때문에" 남매는 크게 다투었다. 그 후 앤 카슨의 오빠는 마약 판매 혐의로 체포되었고, 보석 조건을 어겨 결국 캐나다를 떠나게 되었다.

어린 시절 오빠는 동경의 대상이자 '영웅'이었다. 금발에 아주 잘생기고 매력적이던 오빠는 열여섯 살이 된 앤에게 『로제 유의어 사전』을 주면서 동생을 격려했다. 앤 카슨은 어린 시절 자신에게 영웅이었던 오빠가 파멸의 길을 자초하면서도 "이상한 낙관주의"를 버리지 못하자 그를 "일종의 신화적인 사람"으로 생각할 수밖에 없었다. 어머니는 귀한 아들의 부재를 견디지 못했다. "아기 때 자른 머리카락도 간직하고" 있을 정도로 아들에게 매달렸던 어머니였다.

어머니는 반대로 딸에게는 거리감을 느꼈다. 딸의 책은 어려웠다. "주로 첫 페이지를 읽고 접어서 표시한 다음 전부 문 옆 책장에 꽂아" 두고 사람들에게 자랑스럽게 보여 주었지만, 어머니가 과연 "한 권이라도 끝까지 읽었는지는" 의문이었다. "아주 명석"했던 어머니는 "좌절한 사람"이었다. 고전학자이자 작가인 딸이 "대단하다고 생각했지만", 자신에게는 주어지지 않았던 지적 통로를 걷고 있는 딸 앞에서 상대적인 외로움을 느꼈다. 어머니는 "고등학교 때 라틴어상을 받았고 대학에 진학할 실력이 있었지만" 돈이 없었다. 할 수 없이 "보험 회사에 비서로 취직"했다. 어머니는 딸을 볼 때마다 자신의 상처가 여전히 아물지 않았음을 확인해야 했다. 게다가 아들을 떠올릴수록 딸의 성공이 더욱 불편했다. 앤 카슨의 어머니는 20년 동안 아들의 생사여부를 알지 못한 채 "오랜 세월 동안 슬퍼하기만" 했다. "시간이 있을 때마다 냅킨에 대수 문제를" 풀던 앤의 아버지도 "돌아가시기 전에 사라진 셈"이 되고 말았다.

"아버지가 정신이 이상해지고 오빠가 사라진 세월 동안" 앤 카슨에게 어머니는 "가장 중요한 사람"이었다. 어머니가 살아 계신 동안에는 함께 성당에 나가기도 했다. 앤 카슨은 "나 자신을 의심하는 분별력을 갖고 신을" 믿었다. "나의 종교는 전혀 말이 되지 않고 나에게 도움을 주지 않는다. 그래서 나는 그것을 따른다." 어머니는 "집 앞에 차가 와서 설 때마다" 창밖을 내다보며 아들을 기다렸다. "도로에서 자갈 소리가 들리면 오빠일지도 모른다고 생각"했던 어머니가 앤 카슨은 눈물겨웠다. 어머니는 끝내 아들을 만나지 못했다. 오빠의 마음이 궁금했다.

2000년, 앤 카슨은 오빠의 전화를 받았다. 코펜하겐으로 가는 비행기를 당장 예약했다. "형제는 절대 끝나지 않는다. 나는 그를 찾아 돌아다닌다." 앤 카슨은 코펜하겐에서 오빠를 만나지 못했다. 대신 그곳에서 오빠의 부인을 만

나 "오빠가 자취를 감춘 22년 동안"의 이야기를 들었다. "마약도 하고 여러 가지로 힘들게 살아서 몸이 버티지 못"해 겨우 50대에 세상을 떠난 오빠를 이해하고 싶었다. 앤 카슨은 "오빠에 대해 말할 수 있는 것들을 가닥가닥 한곳에 모아서 합치면 무엇이 될지 보려고 책을 만들기 시작"했다. 책은 점차 "비문(碑文)이라 부르는 것, 말하자면 오빠를 기리는 방식이" 되었다. 2000년에 만든 이 '비문'은 2010년 라틴어로 밤을 뜻하는 『녹스(Nox)』라는 제목으로 출간되었다. 왼쪽 페이지에는 기원전 1세기 로마 시인 카툴루스의 시를 한 단어씩 번역한 뒤 해석하고, 오른쪽 페이지에는 카슨의 시와 오빠의 사진, 편지, 그림 등이 마주하듯 배치되었다.

"그는 죽었다. 사랑이 그 사실을 바꿀 수는 없다. 말을 보텔 수도 없다. 그가 얼마나 별처럼 빛나는 사람이었는지 내가 아무리 재현하려고 해도 그것은 평범한, 이상한 역사로 남을 뿐이다." 위엄을 갖춰 한 인간의 죽음을 애도하고 싶었다. 오랜 문학적 신념이기도 했다. 고대의 이야기는 "말해 주는 것만큼 감추는 것이 많다"는 사실을 잊은 적이 없었다. 앤 카슨은 퍼즐을 맞추듯 고대 언어를 풀어 나갔다. 그러면서도 항상 도발적인 질문을 던졌다. '별처럼 빛나는 사람'을 재현하는 것이 모순이라고 생각했다. 오히려 "우리는 모두 거의 항상 스스로 괴물 같다고" 느끼며 살고 있지 않을까?

비슷한 생각을 그리스 시인 스테시코로스도 했다. 앤 카슨은 그의 글을 읽으며, 빨간 괴물 게리온을 새롭게 탄생시킨다. 1998년 발표한 『빨강의 자서전』은 주인공 게리온이 "자신의 주인이 된 순간들"을 기록한 성장담이다. 그리스 신화의 게리온은 아름답고 외로운 현대 소년이 되었다. 게리온은 캐나다와 페루의 작은 마을에서 헤라클레스와 만나고 헤어지며 큰 고통을 겪지만, "사람들이 함께 있을 때나 떨어져 있을 때나 서로 얼마나 멀리 있는지" 알게 된다. 바로 앤 카슨과 그의 가족들이 겪은 일이기도 하다. "이 작품에 내적인 모든 것들, 특히 자신의 영웅적 자질과 공동체에 큰 절망을 안겨 줄 이른 죽음에 대해 썼다." 가족이 세상을 떠날 때마다 자신의 몸이 무너지는 것만 같았다. 살아 있는 동안 무엇을 해야 할지, 앤 카슨은 양피지로 만들어진 먼지 쌓인 책을 읽으며 고민했다. 오빠가 세상을 떠나고 앤 카슨은 더욱 절박한 심정으로 글을 쓴다. 삶은 소중했다. 읽고 쓰기를 반복했다.

2001년 출간된 『남편의 아름다움 — 스물아홉 번의 탱고로 쓴 허구의 에세이』에서 앤 카슨은 죽지 않기 위해 무엇을 해야 하는지 결론을 내렸다. "아름다움을 붙잡아라." 고전은 곧 불멸의 아름다움을 뜻했다. 앤 카슨은 고전이 품고 있는 비밀을 파헤친다. "당신을 괴롭히는 것 뒤에 비밀이 있다고 생각하면 항상 위안이 된다." 글 쓰는 여자는 오래된 비밀을 밝힌다.

앤 카슨은 퍼즐을 맞추듯
고대 언어를 풀어 나갔다.
그러면서도 항상 도발적인
질문을 던졌다.

글 쓰는 여자는
자기 자신과 싸운다

✦ **실비아 플라스**

"내게 가장 무서운 건 쓸모없는 존재라는 느낌이다. 훌륭한 교육을 받고 창창한 미래가 펼쳐져 있었는데, 아무도 알아주지 않는 무심한 중년으로 스러져 가고 있다는 느낌. 글을 잘 쓰기 위해 노력하기보다는 꿈속에서 얼어붙어 버리고, 거절이라는 환멸을 받아들이지 못한다. 말도 안 돼."

1940년, 실비아 플라스는 아버지를 잃었다. 열다섯 살에 폴란드를 떠나 미국으로 건너온 아버지는 땅벌 연구의 세계적인 권위자로서 보스턴 대학교 생물학 교수였다. 하지만 당뇨병을 이기지는 못했다. 당시 여덟 살이던 실비아는 큰 충격을 받았다. 고등학교 교사였던 어머니는 자녀들 교육에 모든 것을 걸었다. "어머니는 인색했다. 아끼고 또 아꼈다. 똑같은 낡은 코트만 닳도록 입으셨다. 하지만 아이들에게는 꼭 맞는 새 교복과 구두를 사 주셨다. 피아노 레슨, 비올라 레슨, 프렌치 호른 레슨도 시켰다." 보람이 있었다. 실비아 플라스는 공부를 잘했다. 어머니의 마음도 깊이 헤아릴 줄 알았다. "성심을 다해, 그 불행했던 심장을 다 바쳐 어머니는 그 순진한 아이들에게 자신이 한 번도 알지 못했던 기쁨의 세계를 가져다주려 애쓰셨다." 나무랄 데 없는 딸이었다.

1950년 장학생으로 스미스 대학교에 진학한 실비아 플라스는 문학에 심취했고, 1953년에는 《마드모아젤》의 편집기자로 활동했다. 1955년 최우등생으로 대학을 졸업한 그는 풀브라이트 장학생으로 선발되었다. 케임브리지 대학교로 향했다. 가슴 설레는 날들이었다. 실비아 플라스는 1956년 2월, 케임브리지에서 새로 창간한 문예비평지 《세인트 보톨프 리뷰》의 출간 기념 파티에서 영문학과 고고 인류학을 전공한 시인 지망생 테드 휴즈를 만났다. 첫 만남부터 예사롭지 않았다. 테드 휴즈는 실비아 플라스의 "귀걸이와 헤어밴드를 낚아"챘다. 실비아 플라스도 가만히 있지 않았다. 그는 "테드 휴즈의 뺨을 물어뜯었다." 심상치 않은 징후였다.

봄 방학을 마치고 실비아 플라스는 테드 휴즈와 다시 만났고, 두 사람은 1956년 6월에 런던에서 결혼식을 올렸다. 케임브리지로 돌아온 후, 실비아 플라스는 집필에 매진했다. 그러나 행운은 테드 휴즈를 먼저 선택했다. 1957년 1월 테드 휴즈의 『빗속의 매』가 출간되었고, 대성공을 거두었다. 두 사람은 미국으로 향한다.

1957년 9월, 실비아 플라스는 모교인 스미스 대학교로

실비아 플라스와 테드 휴즈.

돌아와 영문학을 가르쳤다. 강의 이외의 업무들이 괴로웠
다. 글을 쓰기도 쉽지 않았다. 악몽에 시달리며 식은땀을 흘
리는 날이 많았다. 실비아 플라스는 초조했다. 남편의 명성
이 높아질수록 경쟁심은 더욱 커졌다. 1958년 3월에 실비아
플라스는 자신감을 회복한다. "글을 쓰고 또 쓰고, 지난 8일
동안 나는 시를 여덟 편이나 썼다. 긴 시들, 서정시들, 그리
고 천둥처럼 노호하는 시들." 실비아 플라스와 테드 휴즈는
서로의 작품을 비평했다. 두 사람은 미래를 낙관했다. "내가
쓴 시들이 나를 미국을 대표하는 여성 시인(테드 역시 대영제
국을 대표하는 시인이 될 테니까)으로 만들어 줄 만큼 훌륭하다
고 믿는다."

　　실비아 플라스는 경쟁자들을 언제나 의식했다. 좋은 시

　　　　　　　　　　　　　　　　　　　쓰다

들을 열심히 찾아 읽었다. "누구를 경쟁자로 생각할 수 있을까?" 사포, 엘리자베스 브라우닝, 크리스티나 로제티, 에이미 로웰, 에밀리 디킨슨, 에드나 세인트 빈센트 밀레이, 에디스 시트웰, 메리앤 무어, 필리스 맥긴리 등이 실비아 플라스의 경쟁자들이었다. 하지만 동시대의 "가장 가까운 라이벌"은 에이드리언 세실 리치였다. 테드 휴즈가 초대받아 간 하버드 대학 낭독회에서 실비아 플라스는 에이드리언 세실 리치를 직접 만난다. "정직하고 솔직하고 직선적이며 심지어 완고하기까지." 에이드리언 세실 리치는 실비아 플라스에게 깊은 인상을 남겼다. 미국을 대표하는 여성 시인이 되겠다는 야망이 한층 커졌다. 라이벌과 명승부를 펼치고 싶었다. 실비아 플라스는 신작 시로 승자가 되고 싶었고, 작품에 더욱 몰입했다. 결과도 좋았다. 1958년 여름, 실비아 플라스의 시가 《뉴요커》에 실렸다. 대단히 기뻤다. 문제는 '여성 시인'이 여성으로서의 굴레를 짊어지는 순간부터 발생했다.

실비아 플라스는 12월에 임신 사실을 알게 되었고, 런던으로 돌아가기로 결정한다. 1960년 3월 테드 휴즈는 두 번째 시집 『풍요제』를 출간했다. 단숨에 엘리엇, 오든, 스펜더, 루이스 맥니스 등과 같은 거장의 반열에 올랐다. 실비아 플라스도 1960년 10월에 첫 시집 『거대한 청동상』을 출간했지만, 별다른 주목을 받지 못했다. 1962년에 둘째가 태어났다. 실비아 플라스는 임신과 출산, 양육의 과정을 반복하며 "미친 듯이 공부하고, 읽고, 쓰고, 일하는" 삶에서 점차 이탈하고 있었다. "분노에 목구멍이 메고, 온몸에 독소가 퍼져 나간다."는 말로 자신의 심정을 대신했다.

부부의 갈등은 나날이 증폭되었다. 한두 가지 문제가 아니었다. "나는 테드와 싸움을 한다. 두 번이나 혹독하게 싸웠다. 진짜 이유는, 우리 둘 다 돈 걱정을 하기 때문이다." 남편의 외도 사실까지 밝혀지자 실비아 플라스는 별거를 통보한다. 그로부터 4개월 후인 1963년 2월 11일, 31세의 여성 시인은 가스오븐에 머리를 박은 채 생을 마감했다. 충격적인 사건이었다.

남편이 다른 여성과 사랑에 빠졌다는 사실을 알게 된 실비아 플라스가 우울증에 빠졌고, 결국 그 충격에서 벗어나지 못한 채 자살을 선택했을 것이라고 추측하는 이들이 많았다. 테드 휴즈에게는 엄청난 비난이 쏟아졌다. 그런데 실비아 플라스는 왜 죽음을 선택했을까? 정녕 실연 때문이었을까? 수긍할 수 없다. 먼저 그의 이야기에 귀를 기울여야 하지 않을까? 실비아 플라스가 남긴 시와 소설 그리고 일기에서 그 단서를 찾을 수 있을 것이다.

풀브라이트 장학생이었던 실비아 플라스는 결혼 후부터 줄곧 생활고에 시달렸다. 가난보다 더 무서운 것은 두려움이었다. "우리는 지금도 그렇거니와 앞으로도 결코 글을 써서 먹고살지는 못할지도 모른다. 우리가 원하는 유일한 직업이 그것인데도. 에너지와 시간을 쓸데없이 낭비하지 않고 글 쓰는 작업을 방해하지 않으면서 돈을 벌려면 뭘 해야 할까?" 무엇보다 실비아 플라스는 돈이 없는 것보다 더욱 고통스러운 상황 즉 "최악의 상황은, 이 모든 상황을 다 합친 것보다 더 나쁜 상황은, 글을 쓰지 않고 사는 삶"이라는 결론을 내렸다.

혼자서 아이 둘을 키우며, "글을 써서 먹고살지는" 못할 것 같다고 판단한 실비아 플라스는 깊은 고민에 빠졌다. "글쓰기가 나의 건강이다."라는 고백은 사실이었다. 실비아 플라스의 건강은 악화되고 있었다. 그래도 최선을 다했다. 1962년 10월 테드 휴즈와 결별하는 와중에도 실비아 플라스는 시를 썼다. "저는 제 생애 최고의 시들을 쓰고 있어요."

하지만 그해 겨울은 유독 추웠다. 실비아 플라스는 자기 자신과의 싸움에서 조금씩 지쳐 가고 있었다.

테드 휴즈 역시 실비아 플라스는 글쓰기를 신봉한 '광신도'였다고 토로했다. "이야기를 하지 않고는 못 배기는 작가의 신. 그 신은 들리지 않는 소리로 꿈속에서도 외치지. '글을 써라!'" 실비아 플라스는 더 이상 글을 쓸 수 없다면 지금까지 쓴 글들을 세상에 남기고 먼저 떠나겠다고 결심했다. 그는 남자에게 버림받고 자살한 여자가 아니라 삶의 전부를 글쓰기에 걸었던 '여성 시인'이었다. "이 세상과 인간에게, 또 세상과 인간이 품고 있는 가능성에 질서를 부여하고, 그들을 개선하고, 다시 배우고 다시 사랑하는 일"을 포기한 채로 살고 싶지는 않았던 것이다. 실비아 플라스에게 글쓰기는 "종교적인 행위"였다.

1981년 『실비아 플라스 시 전집』이 출간되었고, 1982년에 퓰리처 상을 받았다. 사후에 출간된 책으로 퓰리처 상을 수상한 시인은 실비아 플라스가 유일하다. 실비아 플라스는 일찍 세상을 떠났지만, 시인의 생명은 짧지 않았다. 글쓰기라는 단 하나의 믿음을 실천했던 실비아 플라스는 자신이 비련의 주인공으로 기억되길 원하지 않을 것이다. 그는 글을 쓸 수 없는 최악의 상황과 타협하지 않았을 뿐이다. 실비아 플라스는 멋진 승부를 펼쳤다. 마지막 순간까지 스스로에게 정직했다. 글 쓰는 여자는 자기 자신과 싸운다.

1955년, 풀브라이트 장학생으로
영국에서 공부하던 시절의
실비아 플라스.

글 쓰는 여자는
오늘에 집중한다

"아버지는 큰 좌절을 겪은 사람이었습니다. 열두 살에 학교를 그만둔 다음에는 교육을 제대로 받지 못했습니다. 제가 보기에 아버지는 똑똑했고 교육을 더 받고 싶으셨던 것 같아요. 그렇게 세월이 흐르며 우리 사이는 좀 멀어졌습니다. 아버지는 70대 후반의 남자로 백인이고, 영국인이고, 교육을 받지 못했고, 흑인 딸이 있었지요. 우리가 같이 거리를 걸어가면 사람들 눈에 재미있는 한 쌍으로 비쳤습니다."

제이디 스미스는 가족 중 유일하게 대학교에 진학했다. "케임브리지 대학교에 다녔지만 한 푼도 내지 않았다." 작가의 아버지는 교복 살 돈이 없어 중학교도 들어가지 못했다. "2.6파운드 때문에 인생을 놓친" 소년은 학교 대신 "제2차 세계대전에 참전"했고, 열일곱 살에 포탄을 맞고 다리에 부상을 입었다. 세월이 흘러 쉰을 앞둔 나이에 30세 연하인 자메이카 출신 여성과 결혼을 했다. 어머니의 삶도 고단하기는 마찬가지였다. 흑인 여성이 나타나는 순간 유럽 대도시의

쓰다

빈 방은 사라졌다. 예외가 없었다. "다들 항상 방이 없다고 만" 말했다. 1970년대 초반 영국 런던 외곽 지역에는 "아일랜드인, 흑인, 개 출입금지" 같은 포스터가 창문에 버젓이 붙어 있었다. 풍문이 아니었다. 신혼 여행지인 파리에서 호텔 방을 잡을 수 없었고, 런던에서 살 집을 구할 수 없었던 어머니는 "백인 문화에서 흑인 여성으로" 겪어야 하는 차별과 모욕을 가슴에 새겼다.

제이디 스미스와 남동생들은 어머니의 피부색을 물려받았다. 집안의 유일한 백인 남성이었던 아버지는 50세 차이가 나는 딸을 무척 사랑했다. 딸은 10대 초반부터 "책장에 꽂힌 책을 다 읽었다." 1970년대 중반부터 1980년대 영국에서 출간된 펭귄북스의 '양서'는 모조리 읽었다. 자녀들의 양육과 가사 노동을 전담하면서도 억척스럽게 사회 복지사가 된 어머니는 항상 고전과 페미니즘 소설들을 찾아 읽었고, 특히 조라 닐 허스턴, 토니 모리슨, 앨리스 워커 등 흑인 여성 작가들의 작품을 10대 초반의 딸에게 필독서로 추천했다. 제이디 스미스는 단숨에 어머니를 능가했다.

제이디 스미스는 15세 때 조지 엘리엇의 『미들마치』를 읽고 전율했다. 19세기 후반 영국 중부의 상업도시 미들마치를 배경으로 사랑과 결혼, 정치와 종교의 소용돌이 속에서도 사회를 변혁하고 자유를 쟁취하고자 하는 주인공 도러시아는 바로 조지 엘리엇이었다. 제이디 스미스는 조지 엘리엇의 전기들을 탐독했다. 조지 엘리엇은 "자유나 시간, 정신적 평화가 절대 없었을 것"이 분명한 곡절 많은 삶을 견디면서도 평생 글을 썼다. "옥스퍼드나 케임브리지에 다니거나 남성 작가들처럼 교육을 받은 것이 아닌데도 엘리엇은 모든 것을 혼자서, 도움이 되는 친구들을 통해서" 끊임없이 배웠다. 조지 엘리엇은 스펜서와 교유했고, 포이어바흐와 스피노자를 영어로 번역했다. 제이디 스미스는 조지 엘리엇을 사표(師表)로 삼았다.

독서 목록은 더욱 빠른 속도로 팽창했다. 제이디 스미스는 빅토리아 시대의 영국 문학을 섭렵했고, E.M. 포스터와 프란츠 카프카의 소설, 베르톨트 브레히트의 희곡도 놓치지 않았다. "매일 책을 읽지 않으면 정말 불행"하다고 느꼈다. 제이디 스미스의 독서는 중독 수준이었지만, 책은 무해(無害)했다. 고전 영화와 재즈 음악에도 관심이 생겼다. 아버지가 좋아하는 1930년대와 1940년대의 영화에 집중했고, "아주 매력적이고 대담하며 지적"인 캐서린 헵번을 본보기로 삼았다. 엘라 피츠제럴드의 노래도 자주 들었다. 재즈 가수가 될까 잠시 고민했다. 입시 운도 따랐다. 이민자들과 노동자들이 모여 사는 런던 북서부 웰레스덴 그린의 공영주택 단지에서 자랐고 줄곧 공립학교를 다닌 제이디 스미스는 케임브리지 대학교에 입학했다.

제이디 스미스 개인에게는 물론이고 영국 사회에도 희망

집안의 유일한 백인이었던 아버지는 딸을 무척 사랑했다.

적인 소식들이 연이어 전해졌다. 제이디 스미스는 케임브리지 대학교를 우수한 성적으로 졸업함과 동시에 25만 파운드의 계약금을 받고 출판 계약을 마쳤다. 그로부터 3년 후인 2000년에 『하얀 이빨』이 출간되었다. 1975년 런던 웰레스덴 그린에 터전을 잡은 파키스탄인, 방글라데시인, 자메이카인, 중국인, 인도인 이민자들의 소외와 분노, 혼돈과 좌절을 천연덕스럽게 다루면서도 다문화 사회를 친근한 시선으로 바라보고 밝게 전망하는 이 작품은 자전적 소설의 요소를 상당 부분 갖추고 있다. 『하얀 이빨』은 20개국 이상에서 번역되어 단숨에 100만 부 이상 판매되었고, 영국에서 드라마로

자메이카 출신인 어머니는 10대 초반의 딸에게 고전과
페미니즘 소설을 추천했다.

도 제작되어 대중의 사랑을 받았다. 1975년생인 제이디 스미
스는 20대의 나이에 이미 세계적인 작가가 되었고, 2002년에
는 하버드 대학교에 특별 연구원으로 머물면서 미국 사회와
엘리트 지식인들의 삶을 가까운 거리에서 관찰한다.

　딸이 성공하자 아버지는 누구보다 기뻐했다. 하지만 부
녀의 삶은 서로 너무나 달라져 버렸다. 조금씩 균열이 생겼
지만 봉합할 방법은 없었다. 두 사람 사이는 점점 불편해졌
다. 제이디 스미스는 한때 "아버지가 친구 아버지들과 너무
나 달랐기 때문에" 마치 "아버지가 없는 것처럼 굴기"도 했

쓰다

다. 자신이 "태어났을 때 아버지는 쉰 살이었고, 그래서 항상 늙은 아버지"가 "수수께끼"와도 같았다. 게다가 "노동자 계급의 억양"을 사용하는 아버지와 점차 대화가 줄어들었다.

제이디 스미스에게 언어는 중요했다. 그리고 동생들과도 점차 다른 말을 쓰고 있는 자신을 발견했다. "사람들은 아마 셋 다 계급이 다르다고 할 겁니다." 막냇동생은 "길거리 아이들"처럼 말했다. 두 동생은 각각 코미디언과 래퍼가 되었다. 제이디 스미스는 언제 어디에서부터 가족들과 멀어지게 되었는지 곰곰이 생각해 보곤 했다. 명문가 출신으로 가득한 케임브리지 대학교가 문제였을까? 근본적인 이유는 다른 곳에 있었다. 제이디 스미스는 자신이 이미 10대 초반부터 조지 엘리엇을 읽었기 때문에 동생들과는 "옷도 다르게 입고, 생각도 다르고, 정치관도 다르다."는 결론을 내렸다. 누구의 잘못도 아니었다. 자신에게 솔직해지기로 했다.

2005년 제이디 스미스는 세 번째 장편 소설 『온 뷰티』를 발표했다. "책을 좋아하고 저녁 식탁에서 흥미로운 이야기를 나누는 가족 말입니다. 저는 그런 가족의 일원이 되고 싶었어요. 『온 뷰티』는 제가 그런 가족의 일원이 되는 환상을 보여 주는 것 같습니다." 진보 성향의 렘브란트 연구자인 하워드 교수는 아들 제롬이 자신의 경쟁자이자 보수주의자인 킵스 교수의 딸 빅토리아와 결혼을 선언하면서부터 깊은 고민에 빠진다. 두 가족은 종교, 계급, 문화, 인종, 젠더 등 온갖 종류의 갈등을 겪게 된다. 오랜 싸움 끝에 두 주인공은 궁극적으로 서로가 사랑이라는 공통의 가치를 지향하고 있음을 깨닫고 화해의 손길을 내민다. 제이디 스미스는 중산층 지식인 가족에게도 "나름대로 문제가 많다는 사실을" 이미 알고 있었지만, 이 소설을 쓰고 난 후에야 아버지를 자신의 작품에 정식으로 초대한다.

2007년 제이디 스미스는 단편소설 「핸월 시니어」에서 아버지의 삶을 이야기했다. 아버지는 "자기 아버지와 이상한 관계"였다. 아버지는 할아버지의 임종을 지키지 않았다. 자녀들이 본 아버지는 "세상에서 제일 지루한 사람"이었다. 아버지를 "이미 끝난 사람"처럼 느꼈던 딸은 "말년의 아버지에게 이런저런 것들을 물어보다가 …… 사실은 아주 흥미로운 사람과 평생 살았지만 …… (자신이) 너무 멍청해서 알아차리지 못했음을 깨달았다."고 고백했다. 동생들도 마찬가지였다. 래퍼와 코미디언인 동생들과는 "어떤 식으로든 항상 재치 있는 이야기가 오갔고" 뒤돌아보니 가족들 모두 "언어에 관심이 많았다." 제이디 스미스는 자신을 긍정하게 된다. 가족들과 다시 가까워지고 있었다.

2012년 출간한 장편소설 『런던, NW』에서 제이디 스미스는 고향인 런던 북서부로 돌아왔다. 빈곤이 일상이었던 공영주택에서 자란 네 사람의 주인공은 현재의 삶에 충실하며 과거를 극복하고 미래로 나아간다. 제이디 스미스가 지향하는 문학 역시 마찬가지이다. 그의 믿음은 확고하다. 시간과 싸워 이길 수 있는 방법은 없다. 지금 이 순간 무엇을 할 것인가? 작가는 오직 그 질문만을 던진다. "구원은 현재하고 있는 일에, 지금 쓰고 읽는 것에 존재한다." 글 쓰는 여자는 오늘에 집중한다.

제이디 스미스는 고전을 읽고 케임브리지 대학교에 다니며 가족들과 멀어졌지만, 글을 쓰면서 가족들의 사랑을 확인하고 다시 가까워진다.

글 쓰는 여자는
서두르지 않는다

"제게는 오빠와 여동생이 있습니다. 어머니는 생각하는 걸 좋아하지 않아요. 아버지는 보고서 때문에 너무 바빠 우리가 뭘 하는지 모르시지요. 아버지는 책을 많이 사 주시지만, 저에게 읽지 말라고 간청하십니다. 그게 마음을 흔들어 놓을까 두려워하기 때문이지요."

아버지를 비롯한 집안 남자들은 변호사 혹은 정치인이었다. 지역에서 영향력이 컸다. 할아버지는 1814년에 "유능하고 독실한 남학생들을 위해" 애머스트 아카데미를 세웠다. 1830년 미국 매사추세츠주 애머스트에서 태어난 에밀리 디킨슨은 다른 학교를 다녀야 했다. 선교사와 목사의 아내가 갖추어야 할 덕목을 강조했던 마운트 홀리오크 여성 신학교는 에밀리 디킨슨과 맞지 않았다.

신앙고백을 거부한 에밀리 디킨슨은 1년 만에 학교를 그만두고 1848년에 집으로 돌아온다. "영혼은 자신의 것"이라고 믿었던 에밀리 디킨슨은 "지옥을 피할 수 없다면 견딜 것"

이라는 각오를 다진다. 그때부터 1886년까지 약 40년 가까운 시간 동안 에밀리 디킨슨은 집 밖으로 나가지 않은 채 책을 읽고 시를 쓰며 지냈다. 살아 있는 동안 단 일곱 편의 시를 지역 신문에 발표했다. 가족들에게 결혼을 하지 않겠다고 선언하고, 평생 독신으로 살았다. 홀로 자신의 방 안에서 글을 쓰는 에밀리 디킨슨의 모습은 마치 고립을 자초한 여성 작가의 운명처럼 보이기도 했다. 이런 생각은 여자가 글을 쓰면 세상으로부터 추방될지도 모른다는 두려움만 자라게 할 뿐이다. 에밀리 디킨슨의 삶이 고독하고 쓸쓸하기만 했을까? 다르게 물어볼 때가 되었다. 그녀는 왜 집 밖으로 나오지 않은 채 평생 글만 쓰면서 살았을까?

에밀리 디킨슨은 세상을 등지지 않았다. 에밀리 디킨슨은 약 1,800편에 이르는 시를 썼다. 11세 때부터 지인들에게 보낸 편지도 약 1,100통에 달했다. "애머스트에서는 낡은 시간이 거의 여느 때와 다름없이 부지런히 흘러. 무엇이 그 침묵을 깨뜨릴지 모르겠어. 그런데 우편요금이 낮아져서 내가 좀 웃을 수 있게 됐어. 생각만으로도! 우린 머잖아 작은 동전 다섯 개만 있으면 다정한 친구들에 대한 생각과 조언을 편지에 가득 담아 보낼 수 있게 될 거야." 에밀리 디킨슨은 자신이 쓴 글을 누군가 읽는 상상을 하면서 웃을 수 있었던 사람이었다. 시를 쓸 때도 예외가 아니었다.

에밀리 디킨슨에게 시는 넓은 세상에 띄우는 '편지'였

고독은
잴 수 없는 것

에밀리 디킨슨

THE LONELINESS
ONE DARE NOT SOUND
Emily Dickinson

11

민음사

다. "세상에 보내는 나의 편지/ 세상이 나한테 써 보낸 적 없어서/ 자연이 전해 준 소박한 소식에/ 다정한 장엄을 곁들였어요." 그렇게 쓴 시들을 자기 손으로 엮었다. 44권의 책을 직접 만들었다. 아버지가 교회에 가자고 할 때마다 에밀리 디킨슨은 집에서 자신만의 안식일을 지켰다. 시를 쓰고, 편지를 보내고, 책을 만드는 일 못지않게 에밀리 디킨슨은 좋은 작품을 열심히 읽었다.

에밀리 디킨슨은 알지도 못하는 '죄'를 시인하고 '회개'하라고 요구하는 여성 신학교에서 짐을 싸서 집으로 돌아온 이후로 자신만의 독서 목록을 만들어 갔다. "군함 없이도 책 한 권이면 돼/ 우리를 대륙으로 데려다주지." 에밀리 디킨슨은 책을 읽으며 세상이라는 '대륙'을 여행했다. 브라우닝 부부와 키츠의 시집, 러스킨과 토머스 브라운의 책 그리고 「요한묵시록」을 가까이했다. 에밀리 디킨슨은 "윌리엄 셰익스피어, 존 밀턴, 바이런을 또한 사랑했다. 《하퍼스》와 《애틀랜틱》을 게걸스럽게 읽어 댔다. 아버지의 바람과는 아주 다르게, 현대 소설로는 미국인 동료 인기 작가 헬렌 헌트 잭슨과 해리엇 비처 스토부터 동시대 영국의 스타 작가 조지 엘리엇, 브론테 자매, 찰스 디킨스까지 망라했다."

어떤 이들은 에밀리 디킨슨이 유복한 집안에서 태어났기 때문에 작가가 될 수 있었다고 쉽게 이야기하기도 한다. 평생 한적한 집에서 책을 읽고 시를 쓸 수 있었던 삶은 분명 축복이었다. 가족들이 결혼을 강권하지 않았고, "아버지의 땅을 가로질러 다른 집이나 도시로 향하는 법이 없었"던 것 또한 사실이다. 대신 에밀리 디킨슨은 집안 살림을 도맡아야 했다. 아버지는 큰딸이 만든 빵을 고집했다. 넓은 정원을 가꾸는 일 또한 에밀리의 몫이었다. "내 작은 꽃다발은 포로들을 위한 것이다 ─ / 흐릿한 ─ 오랜 기대에 찬 눈들,/ 구원을 거부한 손가락들,/ 낙원에 이르기까지 인내하니 ─" 시는 주로 밤에 썼다.

매일 밤 3시부터 아침까지 에밀리 디킨슨은 책상 앞에 앉아 있었다. 누구에게도 방해받지 않는 유일한 시간이었다. "책을 읽다가 온몸이 싸늘해져 어떤 불덩이로도 녹일 수 없게 될 때, 그것이 바로 시다. 머리끝이 곤두서면 그것이 바로 시다. 나는 오직 그런 방법으로 시를 본다." 에밀리 디킨슨은 거의 매일 시 한 편씩을 완성했지만, 발표할 지면이 없었다. 지역 신문 《스프링필드 리퍼블리컨》에 글을 실어 본 적은 있었다. 설레는 마음으로 신문을 펼치자, 자신의 시가 알아보기 어려울 정도로 달라져 있었다. 참담했다.

"명작은 남자들의 전유물"이라고 당당하게 이야기하는

편집자에게 두 번 다시 글을 보내고 싶지 않았다. "하지만 돌아보니 다 필요 없고" 자신은 "시인이 전부"인 사람이었다. 에밀리 디킨슨은 자신의 '전부'를 포기하고 싶지 않았다. 대신 작품 발표에 연연하지 않기로 결심한다. 조급한 마음을 버리고 모든 시간을 들여 읽고 쓰는 데 몰입했다. 가끔씩은 자신의 시가 끝내 서랍 안의 종이뭉치로만 남는 건 아닐지 불안했다.

그러나 살아 있는 동안 지면을 얻지 못하고 독자를 만나지 못하게 된다 할지라도 타협할 수는 없었다. 좀 더 기다리기로 결심한다. 아무래도 당대에는 어려울 것 같다는 생각이 들 때마다 후대의 독자들을 상상하며 글을 썼고 책을 만들었다. 막연한 희망만으로는 불가능한 일이었다. 큰 용기가 필요했다. "소리 내 싸우는 건/ 아주 용감하다// 하지만 더 용감한 건/ 내면에서 싸우는 슬픔의 기병대/ 이겨도 나라가 알아주지 않고/ 쓰러져도 누가 봐 주지 않으며," 결과도 장담할 수 없었다. 에밀리 디킨슨에게 기다림과 희망은 같은 말이었다. "나는 가능성 속에서 살아갑니다."

에밀리 디킨슨이 후대의 독자들을 만날 준비를 하고 있을 때, 오빠 오스틴은 남북전쟁에 참여해서 공을 세워야겠다고 선언한다. "남자는 출세를 해야지. 얌전하게 있을 수만은 없어." 에밀리 디킨슨은 반문한다. "그럼 여자는?" 노예폐지론과 전쟁 옹호론을 주장하는 오빠에게 에밀리 디킨슨

쓰다

은 "여자로 일주일만 살아 보라."고 맞받아쳤다. "어떤 말은 칼을 품고 있어/ 무장한 남자도 찌를 수 있다." 아버지도 여성을 대놓고 차별했다. 여자가 "재능 있다고 무대에 서고 설치"면 안 된다고 딸들에게 경고했고, 책을 많이 읽는 것도 딸들의 종교적 믿음을 "흔들어 놓을까 봐" 두려워했다. 에밀리 디킨슨은 동의하지 않았다. 내적 갈등을 겪는 개인의 변모 과정을 모두 시 안에 담고자 했다. 에밀리 디킨슨은 죽음조차도 시로 맞았다. "죽음을 위해 내가 멈출 수 없기에/ 친절하게도 죽음이 날 위해 멈추었다."

1886년 에밀리 디킨슨은 세상을 떠났고, 서랍 속의 시들은 세상으로 나올 준비를 마쳤다. 그로부터 4년 후, 에밀리 디킨슨의 첫 시선집이 출간되었다. 이번에도 시간이 걸렸다. 1955년에 시 전집이 출간되고 나서야 에밀리 디킨슨은 19세기와 20세기를 연결하는 시인으로 온당한 평가를 받기 시작했다. 에밀리 디킨슨은 자신의 차례를 기다리며 새로운 세상을 향해 글을 썼다. 모두가 잠든 시간에 시를 쓰면서 후대의 독자들을 떠올릴 수밖에 없었던 에밀리 디킨슨의 삶은 결코 은둔이나 칩거로만 설명될 수 없다. 에밀리 디킨슨은 마지막까지 시간을 포기하지 않고 자신의 언어로 글을 쓴 탁월한 시인이었다. 결국 에밀리 디킨슨은 후대의 독자들을 만나 "웃을 수 있게" 되었다. 오랜 기다림은 조금도 헛되지 않았다. 글 쓰는 여자는 서두르지 않는다.

에밀리 디킨슨의 삶을 담은 영화
「조용한 열정」의 한 장면.

2012년 공개된, 친구와 함께 있는
에밀리 디킨슨(왼쪽)의 사진.

2부 싸우다

글 쓰는 여자는
크게 도약한다

✦ 루스 베이더
긴스버그

"저는 우리가 여성 또는 유색인으로서 지닌 차별성을
스스로 도외시한다면 도리어 법과 사회 양쪽에 해를 입히는
것이 아닌가 싶습니다. 오코너 대법관은 현명하게 나이 든
사람이라면 성별과 상관없이 같은 판결에 이를 것이라고 말
한 바 있습니다. …… 풍부한 경험을 지닌 현명한 라틴계 여
성이라면, 그런 삶을 살아 본 적이 없는 백인 남성보다 더 나
은 판결을 내놓지 않을까 합니다."

2009년, 버락 오바마 대통령은 미국 최초의 히스패닉계
연방 대법원 대법관을 지명했다. 여성으로서는 세 번째였다.
푸에르토리코 출신의 이민자 가정, 뉴욕 시의 저소득층을
위한 공동주택 단지, 일곱 살 때 찾아온 소아 당뇨, 아홉 살
때 세상을 떠난 알코올중독 아버지 등 자신에게 닥친 모든
난관을 극복하고 대법관으로 지명된 소니아 소토마요르는
1979년 예일대 로스쿨을 졸업한 후 뉴욕주 지방법원 검사,
뉴욕주 남부 지방법원 판사, 제2 연방 항소법원 판사로 재직

싸우다

하며 명망을 쌓은 법조인이었다. 하지만, 그가 연방 대법원 대법관으로 지명을 받자 이른바 미국의 주류 사회는 소토마요르에게 등을 돌렸다.

소토마요르의 8년 전 발언이 문제가 되었다. "풍부한 경험을 지닌 현명한 라틴계 여성"이 "백인 남성보다 더 나은 판결을 내놓지 않을까", 이 말 한마디로 졸지에 "진정한 인종주의자"가 되고 말았다. 공화당과 보수 논객들은 융단 폭격 수준의 비난을 퍼부었다. 법관 선발 과정에서 소토마요르가 남긴 진정성 있는 답변에는 누구도 주목하지 않았다. "제 삶 자체가 어려운 일을 배우는 과정이었습니다. 쉬운 것이 하나도 없었습니다. 프린스턴이 제게 얼마나 어려웠는지 모르실 거예요. …… 예일대에서, 그리고 검찰청에서, 파비아 로펌에서 등 어느 곳에 가든 제가 완벽히 준비되었다고 느낀 곳은 없었습니다. 그러나 어디에서든지 저는 버텼고, 배워 냈고, 성장했습니다. 저는 도전을 두려워하지 않습니다. 제 삶 전부가 그랬습니다. 저는 일을 해내는 방법, 잘해 내는 방법을 배울 것이 기대됩니다." 여성은 겸손하면 능력이 부족하다고 의심받고, 자신감을 드러내면 교만하다고 질타당한다. 소토마요르는 위기에 봉착했다. 이때 그를 적극 옹호하고 나선 여성이 있었다. 바로 루스 베이더 긴스버그였다.

대법원에 여성 대법관이 몇 명이길 바라느냐고 질문을 받을 때마다 언제나 "아홉 명 전원"이라고 당당하게 밝힌, 미국 역사상 두 번째 여성 연방 대법원 대법관인 긴스버그는 훌륭한 동료를 빼앗기길 원치 않았다. 어설픈 중립은 취하지 않았다. 긴스버그는 확실하게 소토마요르 편에 섰다. "사람들이 이번 일을 확대 해석하는 게 우습다고 생각합니다. 나는 그가 이 정도 의미로 말했을 것이라고 봅니다. '그래요. 여성들은 다양한 삶의 경험을 테이블 위에 꺼내 놓을 수 있습니다. 그렇게 다양한 차이점이 모이면 더 좋은 토론, 더 나은 결론을 도출할 수 있을 것입니다.' 내가 여성이라는 사실도 그런 차이점 가운데 하나입니다. 내가 유대인이라는 사실도 그렇고, 뉴욕 브루클린에서 자란 사실도 그렇고, 애디론댁 여름 캠프에서 신나게 뛰어논 사실도 마찬가지입니다." 긴스버그 또한 "다양한 삶의 경험"을 가지고 있었다.

1933년 뉴욕 브루클린의 유대계 집안에서 태어난 루스 베이더 긴스버그는 1956년에 하버드대 로스쿨에 입학했다. 540명 가운데 9명뿐이었던 여성들은 환영받지 못했다. 대신 "남학생들의 자리를 차지한 이유가 무엇인가?"라는 질문에 답해야 했다. 긴스버그는 1958년에 컬럼비아대 로스쿨로 옮겨 그 다음 해 수석으로 졸업했다. 하지만 일자리를 찾기는 매우 어려웠다. 대법원 재판연구원으로 추천받았지만, 대법관 펠릭스 프랑크푸르터는 "두 아이의 엄마이고, 남편은 중병에 걸린 데다, 알다시피 나는 사내자식들하고 죽어라 일하면서 어떤 때는 욕지거리도 서슴지 않는 사람인데

사회적 차별에 맞서 언제나 진보적인 의견을 내는
긴스버그는 시대의 아이콘이 되었다.

그걸 모르느냐?"는 말로 긴스버그를 모욕했다. 여성 혐오와
차별이 공기처럼 존재하던 시절이었다.

재판연구원으로 2년을 보낸 후, 긴스버그는 스웨덴 민
사소송 연구를 위해 스톡홀름으로 간다. 그곳에서 긴스버
그는 큰 충격을 받았다. 여성들이 불평등과 적극적으로 맞
서 싸우고, 여성들이 중요한 사회적 합의를 직접 이끌어 내
는 과정을 지켜보며 시몬 드 보부아르의 『제2의 성』을 읽었
을 때 느낀 감동을 다시 한 번 체험한다.

뉴욕으로 돌아온 긴스버그는 컬럼비아 대학교에서 민사
소송 강의를 맡았고, 1972년에 컬럼비아대 최초의 여성 종
신교수가 되었다. 1980년에는 연방 항소법원 판사로 취임했
다. 그리고 1993년, 연방 대법원 대법관에 임명되었다. 어떤

1993년 미국 연방 대법원 대법관으로 취임한 후
동료 대법관들과 함께 찍은 사진.(오른쪽에서 두 번째)

자리에 머물든지, 긴스버그는 젠더 평등과 민주주의라는 가
치를 일관되게 고수했다. 소수 의견을 두려워하지 않았다.
"마녀, 악랄한 운동가, 괴물, 대법원의 수치, 극도로 불쾌한
인간, 좀비" 등의 악담을 듣고도 일절 대응하지 않았다. 대
신 긴스버그는 자신의 삶을 글로 남겼다. 2016년 『나 자신
의 말(My Own Words)』을 출간한 그는 자신의 인생을 구성
한 사람, 사건, 말, 글들을 아낌없이 공개했다. 긴스버그의
변론문과 판결문은 진보란 무엇인지를 논리적이고도 명쾌
하게 이야기하고 있다.

어쩌면 그는 운이 좋은 여성이었는지도 모른다. 긴스버
그는 남편과 친구였다. 남편 마티는 대학 시절부터 긴스버그
의 뛰어난 지성을 누구보다 아꼈다. 2010년, 세상을 떠나기

전 마지막 남긴 편지에서 마티는 그에게 "처음 만난 그날 이후로, 당신을 존경하고 사랑했습니다. 그런 당신이 승승장구해서 법조계의 가장 높은 곳에 올라서는 모습을 지켜보며 참으로 기뻤습니다!"라고 고백했다. 긴스버그는 최고의 동반자와 함께 성장할 수 있었지만, 자신이 누린 행운을 당연한 듯 여성 전체의 삶으로 환원시키지 않았다.

긴스버그는 제도가 바뀌지 않는 한, 여성의 삶은 근본적으로 앞으로 나아갈 수 없다고 철석같이 믿었다. 동시에 여성이 여성을 존중해야 한다는 삶의 원칙을 수호했다. 대법관 전원이 여성이길 바란다는 긴스버그의 말은 진심이었다. "우리 사회의 인재들 가운데 적어도 절반을 차지하는 여성이 한 번에 한 사람씩 연주 무대에 오르는 연주자들처럼 고위직에 등장하던 시절에 작별을 고할" 때가 이미 지났음에도, 사회는 쉽게 바뀌지 않았다. 긴스버그는 뛰어난 여성 대법관을 기다렸다. 소토마요르가 지명되자 큰 보람을 느꼈다. 그러나 세상은 소토마요르의 문제적인 발언을 찾아내어 그녀를 마구 뒤흔들었다.

만약 긴스버그가 적극적으로 그를 옹호하지 않았더라면 과연 소토마요르가 대법관이 될 수 있었을까? 행여 대법관이 되었다 할지라도 긴스버그의 전폭적인 지지가 없었더라면 소토마요르의 입지는 지금보다 훨씬 좁지 않았을까? 긴스버그는 여성의 자리가 커지는 것을 여성이 두려워할 때,

뛰어난 여성을 여성이 모른 척할 때, 핍박받는 여성을 여성이 지켜 주지 않을 때 여성 운동은 뒷걸음치게 된다는 경고를 소토마요르를 지켜 내는 것으로 대신했다.

2009년 8월 8일, 소토마요르는 미국 연방 대법원의 세 번째 여성 대법관으로 취임했다. 1997년 여성 대법관이 둘뿐이었던 시절에는 법정에서 두 사람을 식별하지 못해 "저분이 긴스버그 대법관입니다. 나는 오코너 대법관이고요."라고 공지해야만 하는 촌극이 벌어지기도 했다. 세 번째 여성 대법관이 취임하자 그런 일은 더 이상 일어나지 않았다. 2010년 8월 7일에는 엘리나 케이건이 네 번째 여성 대법관으로 취임했고, 두 달 뒤 재판관 회의실에 모인 여성 대법관들은 환하게 웃으며 기념사진을 찍었다. 케이건은 "이 나라의 법률을 여성에게 우호적인 방향으로 만들어 가는 데 가장 크게 기여한" 긴스버그에게 깊이 감사했다.

긴스버그에게도 "유대인, 여성, 엄마라서 삼진 아웃"을 당했던 시절이 있었다. 하지만 희망을 포기하지 않았다. "오늘 패배했다면, 내일은 이길 수 있다는 희망이 생기는 법이다." 내일 이기기 위해서는 "우리 사회의 인재들 가운데 적어도 절반을 차지하는 여성이" 여성의 권리를 옹호하고, 여성을 지지해야 한다. 내일을 위해 긴스버그는 오늘도 연방 대법원 계단을 올라간다. 글 쓰는 여자는 크게 도약한다.

싸우다

대법원에 여성 대법관이 몇 명이길
바라느냐고 질문을 받을 때마다
언제나 아홉 명 전원이라고
당당하게 밝힌 긴스버그.
미국의 여성 대법관은 은퇴한
샌드라 데이 오코너(맨 왼쪽)를
포함하여 네 명이다.

글 쓰는 여자는
끊임없이 질문한다

"페스트가 기승을 부리고 있다. 메데이아는 최근 몇 주 동안 그 누구보다 많은 일을 했다. 도움을 필요로 하는 환자가 있으면, 그녀는 곧바로 달려간다. 그러나 대다수의 코린토스인들은 그녀가 질병을 몰고 다닌다고 주장한다. 이 도시에 페스트를 불러온 사람이 바로 메데이아라는 것이다."

메데이아는 부모를 저버렸다. 아버지는 코르키스의 왕이었다. 메데이아는 아버지의 황금 양피를 빼앗으러 온 아르고 호의 선장 이아손과 도망을 쳤다. 코린토스로 도피해 가정을 꾸렸지만, 이아손은 정치적인 야망을 품고 공주 글라우케와 결혼한다. 메데이아는 응징에 나선다. 글라우케와 그녀의 아버지 크레온 왕을 죽이고, 이아손과의 사이에서 낳은 아들들 또한 마법의 제단에 바친다. 에우리피데스의 『메데이아』는 사랑을 잃고 복수를 감행하는 여자가 파멸로 치닫게 되는 비극이다. 메데이아는 연극, 영화, 오페라에도 자주 등장했다.

115   싸우다

1969년 피에르 파올로 파졸리니 감독은 마리아 칼라스의 얼굴에 메데이아를 담았다. 사연이 겹치기도 했다. 세기의 디바였던 칼라스는 선박왕 오나시스를 무척 사랑했지만, 오나시스는 칼라스를 떠났다. 칼라스는 1965년 42세의 나이로 오페라 무대에서 은퇴했고, 오나시스는 재클린 케네디와 1968년 결혼한다. 그로부터 1년 후, 칼라스는 영화 「메데이아」의 주인공으로 모습을 드러냈다. 메데이아는 다시 한 번 비련의 주인공이자 악녀로 자리 잡았다. 그런데 우리가 알고 있는 메데이아 이야기는 모두 사실일까? 도대체 메데이아는 누구인가? 이런 전복적인 질문을 던진 작가가 등장했다.

크리스타 볼프는 신화에 관심이 많았다. 1963년 『나누어진 하늘』을 발표한 이후 동독 문학을 대표하는 작가가 된

그는 1949년부터 1989년 6월까지 독일사회주의통일당(SED) 당원으로 활동했으나 그러면서도 동독 사회의 통제에는 늘 비판적이었다. 1976년 반(反) 정부 지식인 볼프 비어만의 시민권 박탈에 반대하는 공개 서한 운동에 참여했다는 이유로 크리스타 볼프는 동독 작가연맹 베를린 지부 이사진에서 제명되고

당으로부터 견책을 당했다.

볼프는 동독 사회를 향해 비판과 조언을 아끼지 않았지만, 번번이 무시당했다. 동독의 미래는 암울했다. 참담한 심정으로 크리스타 볼프는 1983년 『카산드라』를 발표한다. 예언의 능력을 가졌으나 설득력을 박탈당한 카산드라는 몇 번이고 트로이의 멸망을 경고한다. 그러나 트로이인들은 카산드라의 말을 믿지 않았다. "나의 외침에 트로이인들은 웃음을 터뜨렸다. 저 여자는 미쳤어요." 1989년 11월 3일, 볼프는 베를린 알렉산더 광장의 대규모 시위 현장에서 동독 개혁과 독일 통일을 주제로 연설을 한다. 엿새 후에 베를린 장벽은 무너졌다. 독일은 빠른 속도로 변해 갔다. 통일이 하루하루 가까워지고 있었다. 볼프에게 의외의 큰 시련이 닥쳤다.

볼프는 1990년 11월에 『남아 있는 것』을 출간했다. 통일 직후 사회 전반에 동독 청산 분위기가 팽배한 때였다. 여성 작가가 일상적으로 겪은 전화 도청과 편지 검열, 가택 수사 등 동독 사회의 감시 체제를 다룬 『남아 있는 것』이 출간된 후, 볼프가 1959년부터 1962년까지 슈타지의 일원이었다는 사실이 밝혀졌다. 볼프는 슈타지로 활동한 '악녀'이자 부당한 국가 권력에 협력한 비윤리적인 작가인 동시에 통일이라는 시류에 편승하는 기회주의자로 비판받았다. 1992년 볼프는 자신과 관련된 슈타지 문건까지 공개하며 억울함을 호소했지만, 상황은 달라지지 않았다. 돌파구가 필요했다. 필화(筆禍)를 멈출 방법은 새로운 작품밖에 없었다. 볼프는 메데이아를 선택했다. 독일은 통일되었지만, 작가인 자신의 미래는 한 치 앞도 보이지 않는 상황이었다. 건강마저 악화되었다. 그래도 글쓰기만은 포기할 수 없었다. "나는 글을 쓴다. 그러므로 살아 있다." 볼프는 더욱 절박하게 메데이아에 매달렸다.

"우리는 이 인물을 통해 우리의 시대와도 만날 것이다. 야성의 여인, 이제 목소리들이 들려온다." 볼프의 승부수는 적중했다. 1996년 『메데이아, 또는 악녀를 위한 변명』을 발표하며 작가의 삶을 되찾았다. 집필 동기는 명확했다.

"동독 시절에 저는 점점 더 큰 규모의 그룹을 배제하면서 점점 더 포용 능력을 잃어 가는 국가가 어디로 빠져드는지 보았습니다. 이제 더욱 커진 독일 연방 공화국에서 우리는 점점 더 많은 그룹의 사람들이 사회적, 인종적 그리고 그밖의 다른 이유로 쓸모없이 되어 가는 것을 경험하고 있습니다. 그것은 처음에 통일 과정에서 동독의 특정한 그룹 사람들에게 방어 태세를 취하면서 시작되었지요. 낯선 것에 대한 이러한 배제는 우리 문화의 전 역사를 관통하고 있습니다. 불안을 야기하는 여성적 요소를 배제하는 일이 늘 있었습니다."

볼프는 우선 메데이아가 여성이면서 이방인이라는 사실에 주목했다. 수천 년에 걸쳐 전해진 이야기가 같은 방식으로 수용되는 문제 역시 지나치지 않았다. "자식을 살해한 여인인가? 무엇보다 먼저 이런 의혹이 떠오른다." 볼프는 메데이아가 왜 코르키스를 떠났는지 처음부터 다시 질문했다. 메데이아는 사랑에 빠져 남자를 따라나선 것이 아니었다. "나는 타락하고 몰락한 코르키스에 도저히 남아 있을 수 없어서 이아손과 함께 고향을 떠나는 길을 택했단다. 그것은 도피였지." 메데이아는 공주의 신분을 버리고 망명을 선택했다. "선원들의 운명을 염려"하고 "코르키스 사람들을 하나하나 배에 태우는" "사려 깊은 태도"를 가진 선장 이아손이 "인상적"이었다. 메데이아는 이아손을 동반자로 선택했다.

하지만 이아손은 달랐다. 메데이아의 탁월한 능력을 항상 위협적으로 느꼈다. "늘 모든 걸 나보다 더 잘 알고 있단 말이오." "생각 좀 그만 할 수 없소?" "제발 생각 좀 그만 하란 말이오." 이아손은 메데이아가 "사람들의 관심을 불러일으키고 존경심을 끄집어내는 일"이 자신에게 "위신이 걸린 문제"라고 받아들였다. 이아손뿐만이 아니었다. 메데이아는 코린토스의 남성 지배 집단으로부터 철저하게 배척당했

싸우다

프레드릭 샌디스, 「메데이아」
(1866~1868)

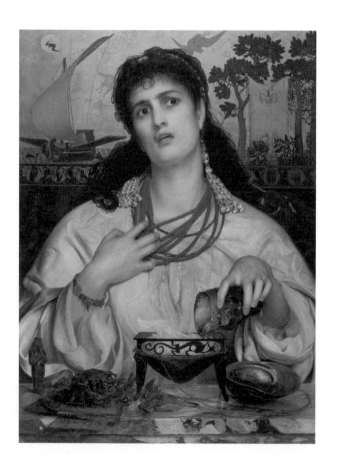

카산드라 이야기 한 장면이
그려져 있는 고대 그리스의 접시.

다. "코린토스에서는 남자의 약한 모습을 본 여자는 반드시 대가를 치른다는 말이 있습니다."

볼프는 메데이아가 정치적 희생양이었다고 일관되게 주장한다. "페스트와 하늘의 위협적인 현상, 굶주림과 궁전의 부당한 통제에 대한 두려움을 그 여인에게 돌리지 않고서는 달리 벗어 버릴 길이 없었던 것이다." 볼프는 반전에 반전을 거듭해 에우리피데스의 『메데이아』를 완전히 해체한다. 코린토스에서는 페스트로 흥흉해진 민심을 수습하기 위해 도저히 용서받지 못할 여자가 있어야 했다. 이내 '악녀' 메데이아가 탄생했다. 메데이아는 연쇄 살인범이 아니었다. 글라우케 공주는 이아손과 결혼한 후 죄책감으로 자살했고 메데이아의 아들들은 코린토스의 시민들이 던진 돌에 맞아 죽었지만, 메데이아는 연적과 자식을 살해한 범인으로 모든 혐의를 뒤집어쓰게 되었다. 그리고 철저하게 조작된 이야기는 빠른 속도로 퍼져 나갔다. 볼프의 해석은 파격적인 동시에 합리적이었다.

볼프는 신화의 가치를 긍정했다. "신화는 특별한 방식으로 인간적인 것, 내가 생각하기에 모든 문학에서 문제 삼고 있는 그 인간적인 것에 대해 질문하도록 강요합니다. …… 우리는 왜 인간의 희생을 필요로 하는가. 왜 우리는 아직도 여전히 그리고 언제나 계속해서 희생양을 필요로 하는가?" 오래된 신들의 이야기 속에서 "인간적인 것"을 발견해 낸 볼프는 "희생양을 필요로 하는" 사회에 질문을 던졌다. 어쩌면 볼프 자신이야말로 분단과 통일 시대의 갈등 상황에서 여러 차례 "희생양"이 되었는지도 모른다. 그럼에도 불구하고 작가는 새로운 질문을 계속해야 좋은 글을 쓸 수 있다고 믿었다. "이 몸을 끌고 어디로 가야 하는가. 나에게 어울리는 세계, 나에게 어울리는 시간은 과연 어디에 존재할 것인가." 코린토스의 희생양 메데이아는 마지막까지 묻고 또 물었다.

81세가 되던 해인 2010년 마지막 작품을 발표한 볼프는 그 다음 해 세상을 떠났다. 볼프는 분단과 통일의 중요 국면마다 "나에게 어울리는 세계, 나에게 어울리는 시간"이 무엇인지 냉철하게 성찰한 작가였다. 글 쓰는 여자는 끊임없이 질문한다.

싸우다

"나에게 어울리는 세계,
  나에게 어울리는 시간은
  과연 어디에 존재할 것인가."

글 쓰는 여자는
결국 승리한다

✦ 마거릿 애트우드

"간단히 내 소개부터 하자면, 나는 소설가다. 그 사실이
전혀 부끄럽지 않다. 내로라하는 두뇌 전문가들이 플라이
스토세에 발생한 인간의 서사 능력이 진화의 주요 동인이었
다고 말했기 때문이다. 이야기 재주가 아니었으면 지금쯤 우
리의 언어는 「워킹데드」(미국의 좀비 드라마) 수준일 것이고,
오늘 우리가 하는 인간 가치관 논의 따위는 가능하지도 않
았을 것이다. 그러니 과학자들과 철학자들이여, 이야기꾼을
비웃지 말지어다. 내 분야는 그대들의 분야보다 뿌리 깊다."

문학이 인류를 발전시켰다고 거침없이 말하는 마거릿 애
트우드에게 박수를 보낸다. 스탠퍼드 대학교 역사학과 교수
인 이언 모리스는 2012년 11월 프린스턴 대학교의 '인간 가
치관' 특강에서 "수렵 채집에서 농경으로, 농경에서 화석 연
료"로 "에너지 획득 방식이" 바뀔 때마다 인간의 가치관은 변
화를 거듭했다고 주장한다. 이 자리에 토론자로 참석한 마
거릿 애트우드는 인간의 서사 능력과 윤리적 가치관이야말

로 역사 발전의 원동력이라고 응수하며, "어떤 행동이 '좋은' 행동인가에 대한 판단의 변화"가 더욱 중요하다고 반박했다. 마거릿 애트우드는 이언 모리스에게 조금도 밀리지 않았다.

자신을 "세상의 종말 이후를 배경으로 풍자와 기지 가득한 모험물을 쓰는 사람"이라고 규정한 마거릿 애트우드는 『시녀 이야기』, 『인간 종말 리포트』, 『홍수』, 『심장은 마지막 순간에』 등 디스토피아 소설을 줄기차게 발표하면서도, 인류의 마지막 희망이 '문학적 상상력'이라는 주장을 천연덕스럽게 펼친다. 그녀는 시종일관 문학을 예찬하는 '이야기꾼'이다.

마거릿 애트우드는 소설 쓰기에 입문하기 전 "생물학자가 될 뻔"하기도 했다. 1939년 캐나다에서 태어난 그는 곤충학자인 아버지를 따라 캐나다 북부의 산림 지대에서 대부분의 유년 시절을 보냈다. 열한 살이 될 때까지 학교에서 정규 수업을 제대로 받은 적이 없었을 정도로 오지에서 주로 곤충을 관찰했다. 자연 속에서 책 읽기에 푹 빠진 마거릿 애트우드는 또 여섯 살 때부터 글쓰기에 재미를 붙였다. 그녀는 고등학교 시절 영어 선생님에게서 다음과 같은 격려를 받은 후 전업 작가가 되기로 결심을 굳힌다.

"너의 시를 제대로 이해할 수 없지만 한 가지는 분명하다. 정말 훌륭한 작품이야. 앞으로도 계속 글을 쓰렴." 마거릿 애트우드는 행운아였다. 생물학에 미련이 남았지만, 어떤 대상을 면밀히 관찰하는 일이 책을 읽고 글을 쓰는 행위와 매우 유사하다고 생각했다. 무엇보다 글 쓰는 일이 가장 매력적이었다.

1964년 첫 시집 『서클 게임』을 출간하며 작가 생활을 시작한 마거릿 애트우드는 시, 소설, 비평, 동화, 희곡 등 장르를 가리지 않고 약 60권의 작품을 출간했다. 소재와 형식, 시간과 공간을 자유롭게 넘나들면서도 "역사상 인간이 어딘가에서 이미 한 일만을 이야기 속에 넣는다."는 원칙을 항상 지켰다. 그녀에게 창작의 원천은 '역사'와 '현실'이었다.

그런데 최근 마거릿 애트우드의 소설을 엉뚱하게 해석하는 무리들이 나타났다. 2017년 4월부터 미국에서 방영되어 큰 인기를 얻은 동명의 소설을 원작으로 한 드라마 「시녀 이야기」는 트럼프 정부에게 상당히 불편한 작품이다. 트럼프 정부 출범 후 낙태 제한 및 금지법이 여러 주에서 통과되고 시행되자 『시녀 이야기』의 시녀를 상징하는 새빨간 망토를 입고 시위 행렬에 참가하는 사람들이 늘어났다. 시위대는 트럼프 대통령의 선거 구호 "미국을 다시 위대하게 만들자."를 비틀어 "마거릿 애트우드를 다시 소설로 만들자."고 외쳤다. 트럼프 지지자 중 일부는 『시녀 이야기』가 트럼프 정부에 반대하는 좌파들의 선동이며 획책이라고 비난을 퍼부었다.

1984년 서베를린에서 집필을 시작해 1985년 발표한 『시

싸우다

녀 이야기』는 마거릿 애트우드의 대표적인 디스토피아 소설이다. 21세기 중반 전쟁과 공해 및 각종 질병으로 출산율이 급감하자, 기독교 원리주의와 가부장제를 근본으로 한 전체주의 국가 '길리어드'가 등장하고, 여자는 출산 가능 여부를 기준으로 여러 계급으로 나뉘어 철저하게 국가의 통제를 받는다. 이 작품은 약 40개 언어로 번역되어 독자들의 사랑을 받았고, 1990년 이미 영화로 만들어졌을 뿐만 아니라 오페라, 만화, 발레로도 여러 차례 제작된 바 있다. 그럼에도 불구하고 트럼프 진영에서는 『시녀 이야기』의 집필과 드라마 제작을 음모론적 관점으로 보았다. 만약 이들의 말이 옳다면, 마거릿 애트우드는 30년 전에 트럼프 정부의 출현을 내다보고 『시녀 이야기』를 쓴 예언자이다.

그러나 마거릿 애트우드는 자기 자신을 예언자로 참칭하고자 『시녀 이야기』를 쓰지 않았다. 그녀는 여성의 삶이 구

체적으로 기록되지 않으면 역사에서 흔적도 없이 사라질 뿐
아니라, 여성에게 가해진 폭력이 다시 반복될 것이라고 확
신했다. 『시녀 이야기』의 결말에서 길리어드가 무너지고 당
시의 자료들이 폐기되면서 그 시기를 살았던 여성들의 삶이
공중 분해되는 장면은 결코 낯설지 않다. "그녀가 속해 있던
역사적 순간이라는 넓은 윤곽 속에서 바라보아야 합니다.
하지만 그녀의 나이, 특별한 것 없는 몇 가지 외양, 그리고 주
거지 외에 우리가 그녀에 대해 아는 것이 무엇입니까? 별로
없습니다." 마거릿 애트우드는 단순한 정보를 기입하는 것만
으로는 여성들의 삶이 제대로 복원될 수 없다고 판단했다.

사건과 사건 사이에 숨겨져 있는 이야기를 파헤치고, 감
추어진 진실을 다양한 관점에서 검토하고 추적할 때 여성
들은 겨우 자신들의 존재를 드러낼 수 있다. 그것이 마거릿
애트우드의 믿음이었다. 2017년 11월 넷플릭스에서 방영
되어 전 세계 시청자들의 관심을 받은 6부작 드라마 「그레
이스」의 원작 또한 마거릿 애트우드가 "1840년대 캐나다에
서 열여섯의 나이로 살인범으로 기소돼 악명이 높았던 여
성" 그레이스 마크스의 생애에 의문을 가지고 집필에 착수해
1996년 출간한 작품이다.

한편, 여성의 관점에서 이야기하면 고전으로 자리 잡은
신화도 다시 쓰일 수 있다는 사실을 2005년 『페넬로피아드』
로 증명했다. 오디세우스가 아니라 그 아내인 페넬로페와 열

두 시녀가 주인공이자 화자가 되면서 호메로스의 『오디세이아』는 『페넬로피아드』로 새롭게 탄생한다. 글 쓰는 사람, 말하는 사람이 바뀌면 역사도 달라진다.

"독일 출판 평화상을 수상한 여러 작가들처럼 나도 내 글을 통해 활동가가 되고자 했다." 2017년 "정치적 직관과 예지를 보여 주었다."는 공로로 독일 출판 평화상의 수상자가 된 마거릿 애트우드는 자신에게 문학은 '사회적 활동'이었다고 고백한다. 실제로 그녀에게 문학과 정치는 단 한 번도 분리된 적이 없었다. 마거릿 애트우드는 캐나다 녹색당, 국제 사면 위원회, 캐나다 작가 협회 등에서 활동하면서 환경, 인권, 페미니즘을 주제로 글을 써 왔다.

역설적이게도 마거릿 애트우드는 희망을 전하기 위해 끊임없이 디스토피아 소설을 발표했다. "인류는 과거에 여러 번 끔찍한 병목을 통과했다. 그리고 매번 살아남았다." 그녀는 살아남는 방법을 모색하기 위해 지금도 "새로운 소설"을 쓰고 있다. 함께 살아남기 위해서 여전히 글을 쓴다는 80대의 현역 작가 마거릿 애트우드. 그녀는 자신이 가진 어떤 화려한 이력보다도 메리 웹스터의 후예임을 자랑스러워한다. 17세기 미국 매사추세츠주에서 마녀로 몰려 교수형에 처해진 메리 웹스터는 밤새도록 밧줄에 매달려 있었지만 죽지 않았다. 다음 날 아침 밧줄이 끊어질 때까지 숨을 쉬고 있었던 메리 웹스터는 그 이후로도 14년을 더 살았다. 실제로 메리 웹스터가 마거릿 애트우드에게 얼마나 가까운 선조인지 확인할 길은 없다. 다만 최악의 상황에서도 희망을 찾고 살 길을 모색하는 여성들의 이야기를 일관되게 글로 써 온 마거릿 애트우드는 마녀로 몰려 목이 매달렸지만 살아남은 메리 웹스터와 어딘지 모르게 서로 닮은 구석이 있다.

캐나다의 적막한 숲 속에서 곤충을 관찰하며 혼자 책을 읽고 글을 쓰던 어린 소녀가 인류의 역사와 미래를 이야기 하는 세계적인 작가로 성장했다. 무엇보다 그녀는 살아 있고 지금도 글을 쓴다. 마거릿 애트우드의 다음 작품을 두근거리는 마음으로 기다릴 것이다. 더 많은 독자들이 마거릿 애트우드의 작품을 만나길 바란다. 분명 세상이 좋아질 것이다. 글 쓰는 여자는 결국 승리한다.

드라마 「시녀 이야기」. (위)
시녀 복장을 하고
뉴욕 지하철 안에서 시위 중인
시민들의 모습 (아래)

애트우드는 "역사상 인간이
어딘가에서 이미 한 일만을
이야기 속에 넣는다."는
창작 원칙을 고수한다.

글 쓰는 여자는
앞으로 나아간다

✦ 글로리아
스타이넘

"부정했거나 무시하려 노력했던 과거의 억눌린 분노가 폭발해 넘쳤다. 집주인이 독신 여자는 집세를 낼 능력이 없을 거라고 생각했기 때문에 아파트를 빌릴 수 없었던 일, 여자라는 이유로 나보다 젊고 경험도 없는 남자 기자에게 정치 기사를 뺏긴 일, 내가 이룬 일은 모두 내가 '예쁜 여자'이기 때문에 가능했다고 여겨지는 것, 여자는 돈이 별로 필요하지 않다며 내게는 돈을 적게 주던 일, 나를 인정해 줄 때는 언제나 빈정거림을 빠뜨리지 않던 것."

1956년, 글로리아 스타이넘은 스미스 대학교를 졸업하고 프리랜서 기자 생활을 시작했다. 정치 분야에서 취재 업무를 맡고 싶었지만, '여기자'에게는 "패션이나 가정에 대한 신변잡기 기사"만 주어지던 시절이었다. 특종을 다루고 싶었다. 1963년 1월, 글로리아 스타이넘은 뉴욕 맨해튼에 위치한 플레이보이 클럽의 실체를 밝혀 보기로 결심하고 위장 취업을 감행한다. 약 한 달간 바니걸로 일을 하며 겪은 이야

잡지 《미즈》 창간호와 30주년 기념판 표지.

기들을 르포 형식으로 발표했다. 글로리아 스타이넘은 남성 중심 사회의 축소판인 플레이보이 클럽을 체험하며 점차 페미니스트가 되어 가고 있었다. "나는 닥치는 대로 페미니스트의 글들을 읽기 시작했고 내가 만날 수 있는 모든 여성 운동가들을 만나 이야기했다."

글로리아 스타이넘은 1969년 잡지 《뉴욕》에 기고한 글에서 "블랙 파워 다음에는 여성 해방이다."라고 선언하며 페미니즘의 폭발적인 성장을 이끌었지만, 기성 언론은 새로운 시대를 거부했다. 글로리아 스타이넘은 "여성 운동에 관한 기사를 쓰겠다고" 제안했지만, 거절당하기 일쑤였다. "죄송하지만 페미니즘 관련 기사는 작년에 실었습니다." "남녀가 평등하다고 말하는 글을 하나 실으면 객관성을 유지하기 위해 바로 뒤에 그렇지 않다는 글을 실어야 할 겁니다." 혁신적인 매체가 필요했다. 글로리아 스타이넘은 1972년 여성주의 잡지 《미즈(Ms.)》를 창간했다. 일주일 만에 30만 부가 팔렸다. 실비아 플라스와 버지니아 울프의 미출간 작품들과 「복지는 여성의 문제다」라는 기사 등이 실린 《미즈》 창간호는 독자들에게 파격을 선사했다.

글로리아 스타이넘의 영향력이 커질수록 비이성적으로 반발하는 사람들이 많았다. 살해 협박 전화도 수시로 걸려왔다. 진영을 막론하고 페미니즘을 억압했다. "여성 운동은 '가족을 파괴하려는 좌파의 술책'이라는 이유로 우익은 일관되게 우리를 반대했고, 좌파도 가끔씩 여성 운동은 '좌파를 분열시키려는 우익의 술책'이라고 생각해 우리를 적대시했다." 근거도 없는 거짓 소문들이 떠돌아다니기도 했다. "사람들은 글을 발표하고 원하는 것을 얻기 위해, 심지어 페미니스트로 또는 무엇으로든 성공하기 위해 내가 '남자들을 이용했다'고들 이야기했다." 그럴 때마다 글로리아 스타이넘은 "그 남자가 어느 남자냐?"고 반문하며 상대를 제압했다.

글로리아 스타이넘은 "성공한 여자에게는 무수한 비난이 가해진다는 점"을 잘 알고 있었다. "사회에서 성공하는 여자들이 많아지지 않는 한 여자들은 그들이 그 위치에 오른 데는 필경 남자를 이용했을 것이라는 편견에 시달릴 수밖에 없다." 글로리아 스타이넘은 여성들의 사회적 성취를 자신의 일처럼 좋아했다. "임신한 비행기 승무원, 소방수, 뉴욕주 최고위 공무원, 노조 목수, 최초의 여성 우주인." 이 다섯 명의 여성이 "여성 운동이 없었다면 그들이 좋아하는 현재의 직업을 가질 수 없었을 것"이라고 말하는 것을 듣고 대단히 기뻐했다. 1960년대 이후로 여성들이 다양한 공적 영역으로 진출하고 있던 상황은 긍정적이었지만, 국회의사당과 백악관은 변함없이 남성들의 전유물이었다. 가만히 있을 수가 없었다.

글로리아 스타이넘은 실력 있는 여성 정치인들을 적극적으로 옹호한다. 1984년에 제럴딘 페라로가 민주당 부통령 후보로 출마했다. "단지 상징적인 존재가 아니라 이길 가능성이 있는, 다수당 공천 부통령 후보로 나선 한 여성"이 등장하자 글로리아 스타이넘은 큰 기대를 가진다. 제럴딘 페라로가 "밑바닥부터 캠페인을 하면서 정치적 반대와 미디어 공격에 맞서 살아남았다."는 사실 또한 희망적이었다. 제럴딘 페라로는 부통령 당선에 실패했지만, 시대의 요청은 역행될 수 없었다. '여성의 해'로 명명된 1992년에 여성 국회의원들이 증가하기 시작했다. 2001년에는 힐러리 클린턴이 영부인 역할을 마친 후 상원의원에 도전했고 국회의사당에 입성했다.

2008년, 힐러리 클린턴과 버락 오바마 두 사람이 치른 예비 선거 캠페인에서 글로리아 스타이넘은 힐러리 클린턴을 지지한다. 글로리아 스타이넘은 이 세기의 대결을 "후보로 보면 최고의 경쟁이었고, 갈등으로 보면 최악의 경쟁이었다."고

회고했다. 버락 오바마가 승리했다. "이제 살아서 백악관의 여성 대통령을 볼 수 없으리라는 사실에 상심한" 친구들과 함께 버락 오바마 선거 운동을 시작했다. 글로리아 스타이넘은 "힐러리는 오바마를 지지한다. 나도 그렇다." 문구를 넣은 배지를 만들었고, 힐러리 클린턴은 패배 승복 연설에서 오바마 지지를 약속하며 글로리아 스타이넘이 만든 배지를 원하는 청중들에게 나눠주었다. 페미니즘이 사회를 분열시킨다는 비난은 유언비어일 따름이었다. 그렇게 글로리아 스타이넘은 "최악의" 갈등 상황을 봉합하고 "모든 것이 나아질 수 있다는 믿음"을 실천했다. 어머니의 영향이 상당히 컸다.

1934년 미국 오하이오주 톨레도에서 태어난 글로리아 스타이넘은 열 살 때까지 집에서 공부를 했다. 책을 아주 좋아하고 시를 자주 암송했던 어머니는 기자 생활을 하며 혼자서 두 딸을 키웠다. 아버지는 새로운 사업을 벌일 때마다 실패했다. 골동품 상인이었던 아버지는 "초판 두 권을 건지려고 도서관 장서 전체를 사들이곤" 했다. 집안 형편은 하루가 다르게 나빠져 갔고, 어머니는 정신 질환으로 "마침내 아무 것도 할 수 없는 폐인이 되어 버렸다." "결국 부모님들이 이혼하고 언니가 먼 도시에 일하러 가자, 나와 어머니 둘만이 남았다." 어린 둘째 딸은 어머니의 보호자가 되어야 했다. 그래도 좋은 책들이 많아 다행스러웠다. "나는 일주일에 한 번씩 도서관에 가서 책 세 권을 빌려 왔다. 말하자면 현실로

싸우다

부터 벗어나 책 속으로 달아나고 싶었던 것이다." 글로리아 스타이넘에게 루이자 메이 올콧의 『작은 아씨들』은 경전(經 典)과도 같았다. "네 자매는 고난에 맞서 싸웠고, 서로와 어 머니를 사랑했고, 전쟁보다 나은 것에 대한 희망을 가지고 있었습니다. 나는 매년 그 책을 다시 읽곤 했어요."

어머니 역시 정신 질환에 시달리면서도 딸의 미래를 포 기하지 않았다. 글로리아 스타이넘의 대학 진학을 위해 어 머니는 톨레도에 있는 집을 팔았다. 딸이 "집을 떠나 독립적 인 인생을 살도록 도와준 것이다." "미친 엄마" 아래 자라면 서 "집에 친구를 데리고 올 수 없었던 어린 시절"은 힘들었지만, 어머니는 또한 딸에게 역사 이야기를 들려주고 "그 사람의 입장이 되어 보기 전까지는" 다른 사람을 비판하지 말 것을 당부하고, 민주주의의 가치를 알려 준 지성인이었다. 글로리아 스타이넘은 어머니를 이해하기까지 왜 그렇게 오랜 시간이 필요했는지 알 수 없었지만, 결국 "어머니에게 일어났던 일이 개인적 원인 탓이나 우연적인 사건이 아니라 나에게도 충분히 일어날 수 있는 일이라는 점을 인정하기 싫었기 때문"이었음을 깨닫게 되었다.

아버지 이야기도 언제까지 덮어 둘 수만은 없었다. 2015년, 글로리아 스타이넘은 자서전『길 위의 인생』을 출간한다. "나는 아버지와 정반대의 방식으로 살아왔다고 생각했다. 나는 내가 아끼고 휴식할 집을 만들었지만 아버지는 전혀 집을 가지려 하지 않았다." 80년의 생애를 글로 쓰면서 자신의 삶을 지배해 온 '방랑'의 기원을 파악했다. 부정하고 싶었을 뿐, 아버지의 삶은 자신과 밀접하게 연결되어 있었다. 글로리아 스타이넘은 자서전을 마무리하며 또다시 "떠날 시간"이 되었다고 이야기한다.

여전히 "할 것도, 말할 것도, 들을 것도 아주" 많은 그는 도널드 트럼프 대통령 취임 이튿날인 2017년 1월에 50만 명과 함께 여성 및 성소수자 인권과 이민 정책 개혁 등을 외치며 워싱턴 여성 행진에 참여했다. 글 쓰는 여자는 앞으로 나아간다.

스타이넘이 1983년 인종차별 철폐를
주장했던 '워싱턴 행진' 20주년 기념 행진에서
시인 마야 안젤루와 함께 걷고 있다.

글 쓰는 여자는
세상을 포용한다

✦ 수전 손택

"20년 전에 시작된 병 때문에 사람들과의 연결 관계가 더욱 깊어졌고, 그 덕분에 타인의 욕구에 더욱 주의하고 공감하고 예민해졌다고 생각합니다. …… 저는 타인과 타인의 고통에 더욱 열린 마음을 갖게 되고 가능하면 더욱 개입하게 된 것 같습니다."

1933년 뉴욕에서 태어난 수전 손택은 세 살 때부터 글을 읽기 시작했다. 시련도 일찍 찾아왔다. 중국과 미국을 오가며 모피 사업가로 성공 가도를 달리던 수전 손택의 아버지는 딸이 다섯 살 되던 해에 결핵으로 세상을 떠났다. "아버지는 외국에서 돌아가셨어요. 저는 아버지가 돌아가신 줄도 몰랐습니다. 몇 달이 지난 후에야 알았어요." 아버지의 부재는 직격탄이었다. 가세가 급속도로 기울기 시작했다.

엎친 데 덮친 격으로 수전 손택은 천식을 앓았다. 뉴욕에서 플로리다로, 또다시 애리조나로 이사를 반복했다. 이곳저곳 옮겨 다니며 "많은 사람들이 불행하다는 것"도 깨달

싸우다

았다. 자신은 그나마 운이 좋은 편이었다. "크게 특권적인 어린 시절을 보낸 것은 아니지만, 그래도 굶거나 동냥 그릇을 들고 거리에 서 있지는 않았으니" 쉽게 처지를 비관해서는 안 된다고 생각했다. 그래도 여전히 아버지의 죽음은 거짓말 같았고, 정처 없이 떠도는 삶은 쓸쓸하고 허무했다. 현실을 잊고 싶었다.

수전 손택은 책을 읽을 때만 위안을 찾을 수 있었다. 여섯 살 무렵, 퀴리 부인의 전기를 읽었다. 화학자가 되고 싶었지만, 아픈 사람들을 치료하는 일이 더욱 의미 있을지도 모른다고 생각했다. 그러다 열두 살 되던 해에 글을 쓰는 사람이 되기로 결심을 굳혔다. "문학이 저를 집어삼켰죠. 제가 정말 원했던 건 다양한 삶을 살아 보는 것이었고, 작가의 삶이 가장 포용적으로 보였어요." 수전 손택은 앙드레 지드, 제인 오스틴, 조지 엘리엇, 버지니아 울프, 셰익스피어, 찰스 디킨스, 에드거 앨런 포, 브론테 자매, 빅토르 위고, 월터 페이터, 찰스 램, 잭 런던 등의 작품들을 사랑했다.

10대 초반에 수많은 고전을 외우다시피 한 그에게 학교 공부는 수월했다. 15세에 버클리 대학교에 입학했지만, 새로운 학풍을 익히고 싶어 시카고 대학교로 학교를 옮겼다. 그곳에서 만난 필립 리프와 사랑에 빠졌다. 사귄 지 일주일 만에 부부가 되기로 했다. 17세에 결혼한 수전 손택은 2년 후 아들을 낳았다. 그러나 결혼 생활은 절망적이었다. "나는

해석에 반대한다

전쟁 같은 결혼 생활로 겁에 질리고 마비되어 버렸다. 이러한 전투는 치명적이고 사람을 말려 죽이며, 날카롭고 고통스러운 연인들의 투쟁과는 정반대에 서 있는 안티테제다." 변화가 필요했다.

1958년, 수전 손택은 유럽으로 향한다. 옥스퍼드 대학교와 소르본 대학교에서 공부하며 삶의 기쁨을 되찾았다. 빠른 속도로 박사 학위 논문을 마무리한다. 수전 손택은 25세에 하버드 대학교에서 철학박사 학위를 취득했다. 자신감이 생겼다. 이혼 후, 혼자서 아들을 키우며 자주 일기장을 펼쳤다. "어떤 장애가 가로막든 인생을 다시 시작할 수 있다는 정신"을 붙들고 싶었다. 자신의 '야망'을 숨기지 않았다. "난 글을 쓰고 싶다. 나는 지적인 환경에서 살고 싶다. 음악을 많이 들을 수 있는 문화의 중심에서 살고 싶다. 이 모든 것과 그 이상을 원한다." 읽어야 할 책도 쓰고 싶은 글도 넘쳐났다. 컬럼비아 대학교에서 강의를 맡았지만, 학자보다 작가의 삶이 더욱 궁금했다. 대학 강단에 오래 머물지 않았다. "괜찮은 글을 만들어 내려면 쓰고 다시 쓰고 또다시 쓰면서 수천 시간 동안 방 안에 혼자 있어야" 했다.

싸우다

수전 손택은 "다른 사람과 힘을 합쳐서 뭔가를 만드는" 영화, 연극, 사진, 음악, 춤, 방송에도 관심이 많았다. 이른바 고급 예술과 대중문화의 경계를 허물고 싶었다. 1966년 수전 손택은 평론집 『해석에 반대한다』를 출간하며 파격적인 질문을 던진다. "해석은 지식인이 예술과 세계에 가하는 복수다." 전 세계 지식인들이 긴장하기 시작했다. 현실 정치에도 적극적으로 개입했다. 1966년 《파르티잔 리뷰》에 「지금 미국에서 무슨 일이 벌어지고 있는가」를 기고하고, 베트남 전쟁의 폐해와 미국 사회의 허상을 날카롭게 지적했다. 수전 손택은 "예술의 주된 과업은 대립 의식을 강화하는 데 있다."고 생각했고, 인간의 행동과 사유는 "역사적인 창조물"이라고 믿었다. 그의 생각에는 거칠 것이 없었다. 그러나 순탄할 것만 같았던 그의 앞날에 큰 위기가 닥친다.

1974년, 수전 손택은 유방암 4기 판정을 받았다. 겨우 40대 초반에 살날이 얼마 남지 않았다는 통보를 받자 분노에 휩싸였다. 그러나 곧 이성을 되찾았다. "암 환자는 왜 암에 걸렸다는 이유만으로 심리적인 벌을 받는가?" 사실 왜 이런 가혹한 벌을 받아야만 하는지 생각할 필요가 전혀 없었다. 죄를 지어 암에 걸린 것이 아니기 때문이다. 어떤 치료를 받을 것인가? 문제 해결의 관건은 오직 치료에 달려 있었다. "질병은 그저 질병이며, 치료해야 할 그 무엇일 뿐이다." 수전 손택은 질병을 주제로 글을 쓰기로 결심한다. "암이라는 질병에 걸렸다는 사실 때문에 겁에 질리지 않도록 스스로를 지키는 데 도움이 되는 생각을 제공"하고 싶었다. 그는 1977년까지 약 3년 동안 수술과 치료를 받았다. 1978년, 수전 손택은 『은유로서의 질병』을 출간한다.

수전 손택은 유방암을 극복했다. "살아 있어서 기쁩니다. 매일 아침 눈을 뜨면 행복해요." 죽음의 위기를 한 차례 넘긴 수전 손택은 개인의 병은 의학으로 고칠 수 있지만, 사회적인 모순과 갈등은 해결 방법을 찾기가 매우 어렵다는 생각에 이르게 된다. 사회적인 질병을 방치할 수는 없었다. 투병 기간 내내 자신의 삶이 "여러 사람과 연결되어 있다고" 결론지었다. 타인의 고통은 결코 나와 무관하지 않았다. 수전 손택은 국제적인 인권 운동가로 활동했다. 1989년 2월, 이란의 호메이니가 『악마의 시』를 출간한 살만 루슈디에게 사형 선고를 내리자, 수전 손택은 즉각 항의 성명을 발표했다.

무엇보다 전쟁이야말로 가장 심각한 사회적 재앙이었다. 베트남 전쟁 당시 「하노이 여행기」를 발표해 미국 내 반전 여론을 주도한 바 있는 수전 손택은 1993년에 내전 중이던 사라예보를 방문해 연극 「고도를 기다리며」를 무대에 올렸다. "세르비아의 대공포에 격추될 수 있다는 걸 알면서 유엔군 비행기를 타고" 갔다. 전쟁의 폭력성을 고발하면서도 아름다움과 희망의 가치를 전달하는 데 문학과 예술이 가장 적합하고 효과적이라고 믿었다. "문학이라는 모험의 옹호자" 수전 손택은 1998년에 또다시 암과 사투를 벌였다. 그는 두 번째 치료를 잘 마쳤지만, 미국 사회는 점차 병들어 가고 있었다. 공직 사회의 원칙이 흔들렸다. "이타주의가 공격을 받고" 있었다. 수전 손택은 용기를 냈다.

2001년 9·11 테러 직후, 수전 손택은 부시 행정부를 정면으로 비판하며 반(反)이성적인 분위기에 휩싸인 미국 사회를 향해 목소리를 높였다. "부디 다 같이 슬퍼하자. 그러나 다 같이 바보가 되지는 말자. 역사를 조금이라도 알고 있다면 그동안 어떤 일이 벌어졌는지, 그다음에는 무슨 일이 벌어질지 이해하는 데 도움이 될 것이다." 수전 손택에게 "애국심이 없다."는 비난이 쏟아졌다. 그는 크게 개의치 않았다. 그는 "문제를 명확히 제기하고, 널리 만연한 (과도한) 경건함을 반박하는" 것이 작가의 임무라고 생각했다.

2003년 프랑크푸르트 국제 도서전에서 독일 출판협회 평화상을 수상한 수전 손택은 문학을 "자유의 공간으로 들어갈 수 있는 여권"이라고 정의하며, 문학을 선택했기에 "국가적 허영심, 속물근성, 강제적인 편협성, 어리석은 교육, 불완전한 운명, 불안이라는 감옥에서" 벗어날 수 있었다고 다행스러워했다. 다만 죽음을 거부할 수는 없었다. 이듬해인 2004년 12월, 71세의 수전 손택은 골수성 백혈병으로 세상을 떠났다.

투병의 경험을 작가의 사회적 책무로 확장했던 수전 손

택은 병들어 가는 사회를 치료하기 위해 문학의 역할이 중요하다고 믿었고, 자신의 신념을 마지막 순간까지 실천했다. 그는 "독서와 내면의 가치가 엄청난 도전을 받고 있는 이 시대"에도 여전히 문학을 옹호하고 있을 것이다. 글 쓰는 여자는 세상을 포용한다.

"괜찮은 글을 만들어 내려면
　쓰고 다시 쓰고 또다시 쓰면서
　수천 시간 동안 방 안에
　혼자 있어야 했다."

글 쓰는 여자는
용기를 잃지 않는다

✦ 에밀리 브론테

"부귀영화를 나는 가벼이 여기네/ 사랑을 웃으며 조롱하네./ 명예욕은 아침이면 사라지는/ 한낱 꿈이었네. ……
내가 간절히 바라는 것은 그것이 전부./ 살아서도 죽어서도, 견딜 용기를 지닌,/ 구속받지 않은 영혼."

1821년, 에밀리 브론테는 어머니를 잃었다. 세 살 소녀에게 어머니의 죽음은 큰 충격이었지만, 에밀리 브론테는 침착하고 조숙했다. 감정을 전혀 드러내지 않았다. "울지 않겠다, 울고 싶지 않다./ 어머니는 우리가 우는 걸 바라지 않는다." 어머니와 달리 아버지는 매우 건강했다.

1777년, 패트릭 브란티는 아일랜드 빈농의 아들로 태어났다. 그는 대장장이, 직조공으로 일하면서도 악착같이 공부를 했고, 10대 후반에 마을 학교 교사가 되었다. 청년은 야망이 컸다. 교구 학교로 옮겨 경력을 쌓고 인맥을 넓혔다. 명망가 자제들을 가르치는 일도 마다하지 않았다. 패트릭 브란티는 가정교사 생활을 마치고 케임브리지 대학교에

싸우다

1837년 6월 26일
에밀리 브론테의 일기.
거실에서 앤과 함께
작업하고 있는 내용을 썼다.

들어갔다. 이제 다른 사람이 되고 싶었다. 성(姓)을 브론테
(Brontë)로 바꿨다. 대학 졸업 후, 패트릭 브론테는 영국 국
교회에서 목사 안수를 받았다. 그는 1812년에 마리아 브란
웰과 가정을 이루었고, 연이어 여섯 남매를 얻었다.

　아버지는 밀턴의 『실낙원』을 신봉했다. 그 책이 자신을
가난과 무지에서 벗어나게 해 주었다고 믿었다. 서재를 자
녀들에게 개방했다. 샬럿, 에밀리, 앤은 특출했다. 자매들은
호메로스, 베르길리우스, 셰익스피어, 바이런, 메리 셸리,
월터 스콧의 작품들에 푹 빠져들었다. "난 그 책들의 내용
을 머릿속에 새기고 마음속에 담았으니, 그건 절대 빼앗아

가지 못할 겁니다." 딸들은 학교에 진학해서 더 많은 공부를 하고 싶었다.

1835년에 에밀리 브론테는 언니 샬럿과 기숙학교 생활을 시작했지만, 건강 문제로 그해 가을에 혼자 집으로 돌아왔다. 에밀리는 시련을 패배로 받아들이지 않았다. "인생의 어려운 일을 지나며 나는 결코/ 하늘의 도움도 응원도 구하지 않았네/ 나는 내 운명을 가면 없이 보았고/ 눈물 없이 마주했네." 1836년부터 에밀리 브론테는 시를 쓰는 한편, 독일어와 피아노를 독학으로 터득했다.

차분하게 자신의 미래를 준비한 에밀리에게 기회가 찾아왔다. 1842년 에밀리는 샬럿과 벨기에로 떠난다. 에밀리는 프랑스어와 독일어로도 글을 읽고 쓸 수 있게 되었다. 브뤼셀에서 돌아온 두 사람은 집 근처에 여성들을 위한 기숙학교를 세워 운영하고 싶었지만, 기금 마련이 쉽지 않았다. "나는 하루 종일 애썼으나 고통스럽지는 않았어/ 배움의 금광에서/ 그리고 지금 다시 저녁이 밀려와/ 달빛은 부드럽게 반짝이네." 훗날을 기약할 수밖에 없었다. 에밀리는 읽고 쓰는 일에 더욱 몰입했다. "밖의 세상은 그토록 희망이 없다니./ 안의 세상을 나는 두 배로 소중히 여긴다./ 속임수, 증오, 의심 그리고 차가운/ 의혹이 결코 일어나지 않는 세상."

1845년, 샬럿은 우연히 에밀리의 시를 발견한다. 샬럿, 에밀리, 앤 세 자매의 가장 뛰어난 시들을 모아 공동 시집을 내자고 동생들을 끈질기게 설득했다. 다만, 가명(假名)을 쓰는 편이 좋겠다고 제안한다. 샬럿은 동생들에게 모욕적이었던 지난 사건을 털어놓았다. 오랫동안 작가가 되고 싶었던 샬럿은 1843년에 로버트 사우디에게 시 몇 편을 보냈다가 큰 봉변을 당했다. "문학은 여자의 일이 될 수 없으며, 그러고 싶어도 할 수 없는 일입니다." 그들은 필명을 만들었다. 1846년 5월, 『커러, 엘리스, 액턴 벨의 시 작품들』이 발간되었다. 세 자매는 자신들의 시가 책으로 만들어지자 벅찬 감동을 느꼈다. 출간 첫 해에 겨우 두 부밖에 팔리지 않았지만, 저자가 된 기쁨이 더 컸다. 각자 다음 작품에 착수했다. 에밀리는 조용히 외쳤다. "가자, 지금 우리에게 불어오는 바람은/ 다시 불지 않으리니." 과감하게 소설 쓰기에 돌입했다.

에밀리는 개혁과 보수가 공존했던 19세기 영국 사회에 매력과 환멸을 번갈아가며 느꼈다. 산업혁명이 진전되면서 영국의 전통적인 세계관은 흔들리기 시작했다. 귀족들과 신흥 부호들은 서로를 멸시했다. 지배 계층 내부의 혈투가 벌어지는 와중에 의회 정치의 기틀이 확립되고 있었다. 영국의 성장 속도만큼이나 사회 곳곳에 모순은 증폭되었다. 여왕이 대영제국을 통치했지만, 공적 영역에서 활약하는 여성은 쉽게 찾아볼 수가 없었다. 도덕과 절제, 정숙과 순종 등 청교도적인 가치관이 여성들을 짓눌렀다. 균형과 조화를 영국 미래의 기치(旗幟)로 내걸었지만 실제로는 극도로 무질서

하고 탐욕이 난무했던 빅토리아 시대를 에밀리는 정조준하
고 있었다.

　『폭풍의 언덕』은 연인 캐서린을 잃고 악인을 자처하며
타인들의 재산을 갈취하는 방식으로 복수에 나선 히스클리
프의 비극적인 사랑 이야기로 언급되어 왔지만, 정작 작가는
사랑에 큰 기대를 가진 적이 단 한 번도 없었다. "사랑은 야
생 찔레꽃과 같고,/ 우정은, 호랑가시나무 같다." 대신 에밀

리 브론테는 인간이 얼마나 "허망한 풍향계 같은 존재"인지 끝까지 추적한다. 리버풀에서 우연히 만난 피부색 다른 고아를 집으로 데려온 언쇼는 집시 소년에게 죽은 아들의 이름을 붙여 주지만 히스클리프가 하인으로 취급받는 상황을 그냥 방치한다. 캐서린의 오빠 힌들리는 출산 중 사망한 아내를 잊지 못하고 도박에 빠져 히스클리프에게 집을 통째로 넘기게 되고, 캐서린의 남편인 에드거의 동생 이사벨라는 히

싸우다

스클리프의 책략과 음모를 알면서도 결혼을 감행한다. 에드거는 딸 캐시가 감금 상태에서 히스클리프의 아들 린턴과 결혼하게 되어도 그 상황을 저지하지 못한다. 자신이 원하는 만큼의 재산을 모조리 손에 움켜쥐었건만, 결국 복수에 실패했다는 사실을 자인하며 히스클리프는 쓸쓸하게 죽음을 맞이한다. 등장인물들은 하나같이 "하느님께서 주신 선물"과 "악마의 선물"을 구별하지 못한 채 파멸의 길로 질주한다.

1846년 7월에 『폭풍의 언덕』은 완성되었지만 출판사들은 명작을 바로 알아보지 못했다. 에밀리는 포기하지 않았다. 1847년 7월, 토마스 뉴비가 『폭풍의 언덕』 출판을 결정한다. 이번에도 엘리스 벨이라는 가명으로 책이 나왔다. 초판 250부가 발간되었다. 반응은 차갑다 못해 잔인했다. 작품 전반에 도덕성이 결여되어 있으며 교양이 전무(全無)하다는 의견이 압도적이었다. 작품 전체를 지배하는 폭력과 광기가 사회를 타락시킬 것이라는 근거 없는 비난도 폭주했다. 난데없이 유령이 출몰하는 등 이야기 전개가 산만하다는 지적도 뒤따랐다. 무엇보다 많은 사람들의 예상을 뒤엎고 작가가 에밀리 브론테라는 사실이 밝혀졌을 때, 세상은 또 한 번 본색을 드러냈다. 무자비하고 거친 인간의 내면을 여자가 그토록 집요하게 파고들어 갔다는 사실을 마냥 불쾌해했다. 에밀리 브론테가 마치 시대의 반역자라도 되는 듯 몰아붙였다.

에밀리의 몸이 점차 쇠약해져 갔다. 샬럿은 혼자 속을

않았다. "오늘 저녁 에밀리에게 조금이라도 차도가 있으면 얼마나 좋을까. 그러나 그걸 확인하기가 어려워. 아파 다 죽어 가면서도 너무나 금욕적이어서 동정을 구하거나 받는 법이 없어." 1848년 12월, 서른 살의 나이로 세상을 떠난 에밀리는 마지막 순간까지 의연했다. "오, 나는 당분간 정처 없이/ 잠을 잘 것이고,/ 비가 얼마나 함빡 적시든지,/ 눈이 나를 뒤덮든지 전혀 신경도 안 쓸 테요!/ 천국의 약속은, 이 거친 야망들,/ 전부 아니 절반도 이루지 못할 거요./ 끌 수 없는 불길로, 지옥이 위협해도/ 이 억누를 수 없는 의지를 제압하지 못할 거요."

1877년부터 『폭풍의 언덕』이 재평가되기 시작했다. 시대마다 새로운 찬사가 잇달았다. "『폭풍의 언덕』은 어떤 소설과도 닮지 않았다."는 서머싯 몸의 평가는 정확했다. 버지니아 울프는 에밀리 브론테의 "거대한 야심"을 꿰뚫어 보았다. 에밀리는 "세상을 한 권의 책 안에 결합시킬 힘"을 스스로 발견한 작가였다. 오직 세상을 견딜 수 있는 "용기"만을 간구했다. "내 영혼은 비겁하지 않다/ 세상 폭풍우에 시달리는 지구 안에서 떨지도 않는다." 에밀리는 자신의 영혼을 지켰다. 세상 앞에 당당했다. 글 쓰는 여자는 용기를 잃지 않는다.

싸우다

1939년 영화 「폭풍의 언덕」의
캐서린과 히스클리프.

글 쓰는 여자는
우정을 잊지 않는다

✦ **토니 모리슨**

"제가 앙드레 지드에게 '좋아요. 하지만 언제쯤 진지해져서 흑인에 대해서 글을 쓰기 시작할 건가요?'라고 묻는 것이 가능할까요? 지드는 그 질문에 어떻게 대답해야 할지 모를 겁니다. 제가 모르는 것처럼요. 그는 아마도 '뭐라고요? 내가 혹시 원한다면 쓰겠지요.'라거나 '도대체 당신이 누군데 그런 요구를 하는 거요?'라고 답하겠지요."

랜덤하우스 출판사의 편집자 토니 모리슨은 마흔을 앞두고 문학에 도전했다. 1970년 『가장 푸른 눈』을 발표하자, 찬사와 혹평이 동시에 쏟아졌다. 그래도 스스로를 "작가라고 말할 수" 없었다. 비교적 늦게 글을 쓰기 시작했지만, 혼자서 아들 둘을 키워야 하는 처지였기에 글만 쓸 수는 없었다. 무엇보다 한두 편의 소설만으로 "아, 저는 작가랍니다." 하고 자기를 소개하기에는 불안했다. 주위를 둘러봐도 흑인 여성 작가는 찾아보기 어려운 시절이었다. 자신보다 하워드 대학을 40년 먼저 졸업하고 『그들의 눈은 신을 보고 있었

싸우다

다』(1937)와 『길 위의 먼지 자국』(1942) 등을 발표해 천재적인 작가로 주목받았던 조라 닐 허스턴조차도 1960년 가난과 질병, 고독으로 생을 마감한 후 세상으로부터 잊혔으니, 토니 모리슨의 두려움에도 명분은 있었다.

동 트기 전 커피를 내려 마시며 매일같이 글을 쓴 덕분이었을까? 1977년 세 번째 책인 『솔로몬의 노래』를 발표한 후로 토니 모리슨은 "나는 작가다."라고 당당하게 밝혔다. 1987년 『빌러비드(Beloved)』, 1992년 『재즈』를 출간하면서 미국 문단과 독서 시장을 휩쓸었다. 동시에 흑인 여성으로서 '최초'의 역사를 연이어 써 내려갔다. 1989년 프린스턴 대학교 석좌교수로 임명된 토니 모리슨은 1993년 노벨 문학상 수상자로 선정되었다. 전 세계가 그를 주목했다. 미국 내에서 토니 모리슨의 영향력은 점차 커져 갔다. 갑자기 미국의 주류 사회는 토니 모리슨에게 "생색을 내면서" 질문을 퍼붓는다.

"백인에 대한 책은 언제 쓰실 건가요?" "어째서 우리가 이해할 수 있는 것을 쓰지 않습니까?" 토니 모리슨은 이 질문의 의도를 꿰뚫어 보았다. "당신은 글을 잘 씁니다. 그러니까 나에 대해서도 쓰도록 허락하지요." 부당하고 폭력적인 요구였다. 때때로 '중심부'에 있는 백인들이 토니 모리슨을 회유하기도 했다. "당신은 글을 꽤 잘 씁니다. 원한다면 중심으로 올 수 있을 겁니다. 주변에 머물 필요가 없어요." 토니 모리슨은 자신의 포부를 밝혔다. "아, 그렇군요. 저는 여기 주변부에 머물면서 중심부가 저를 찾도록 할 겁니다."
토니 모리슨은 글을 쓰며 자기 자리를 지켰다. 그 길이 옳았
다. 2012년 백악관. 미국 최초의 흑인 대통령인 버락 오바마
대통령은 토니 모리슨의 목에 정성스럽게 자유 훈장 메달을
걸었다. 중심부가 바뀐 것인지, 중심부가 주변부의 두 사람
을 찾아온 것인지는 알 수 없지만 토니 모리슨은 밝게 웃고
있었다.

　토니 모리슨이 흑인 독자들과 겪어야 했던 갈등은 더
욱 복잡했다. 토니 모리슨을 비판하는 흑인들도 나름 논리
에 질서를 갖추고 있었다. "제가 우리 문화를 고상하게 꾸미
려 애쓰지 않았다는 것이었습니다. 결점을 감추지 않았다
는 뜻이지요. 그래서 저는 백인 독자뿐 아니라 흑인 독자들
과도 여러 번 마찰을 겪었습니다." 토니 모리슨은 가정 폭력,
알코올중독, 성폭력, 살인 등의 "끔찍한 이야기들"을 정면으
로 다루었다.

　"독자들은 왜 그 문제에 대해서 써야 하느냐, 우리는 훨
씬 더 긍정적인 이미지를 바란다고 말했지요. 저는 그런 질
문이 가장 모욕적이고 지나친 요구라고 항상 생각했습니다.
그 질문에 숨겨져 있는 것이 문제였으니까요. 누구를 위한
긍정적인 이미지일까요? 독자들이 그런 질문을 할 때 염두
에 두는 것은 타자, 주류, 백인 세상입니다. 저는 그런 사람
들은 신경 쓰지 않는다고 대답했습니다." 토니 모리슨은 "바

깥 세상에 내보일 만한 자신들의 이미지를 찾던" 사람들에게 칭찬받기를 거부한다. 토니 모리슨은 어려움이 닥칠 때마다 처음 글을 쓰기 시작했던 시간으로 돌아갔다.

흑인이 주인공으로 등장하는 책은 왜 찾아보기 어려운 것일까? 토니 모리슨이 오랫동안 가진 의문이었다. 랜덤하우스에서 편집자로 일하며 안젤라 데이비스, 무하마드 알리, 앤드루 영의 책을 만든 것은 결코 우연이 아니었다. 하지만 실존 인물 몇 사람만을 이야기하는 것으로는 부족하다고 판단했다. 토니 모리슨은 자신이 작가가 되어 흑인들의 삶과 역사를 직접 이야기하기로 결심한다. 악착같이 쓰는 수밖에 없었다. 더불어 자신의 작품들이 특정 유파나 사조로 분류되는 것을 거부했다. "각각의 주제는 아시다시피 고유한 형식을 요구한답니다." 일부 보수적인 평론가들은 토니 모리슨의 소설이 "서양의 직선적이고 연대기적인 방식"을 탈피해서 "우리를 불안하게" 만든다고 비판했지만, 그만큼 그의 작품은 강력하고 매혹적이었다. 독자들도 크게 두 부류였다. 토니 모리슨의 소설을 매우 사랑하거나 크게 미워했다.

1977년 『솔로몬의 노래』를 발표한 이후부터 독자들의 저항은 더욱 거세졌다. 대규모 흑인 공동체들의 항의는 그래도 참을 만했다. "어쨌든 많은 사람들이" 읽고 오독하거나 오해하는 일은 작가로서 감수해야 한다고 생각했다. 다만 작가로서의 존재가 근원적으로 부정당하는 일들은 토니 모리슨도 감당하기 어려웠다. "애틀랜타나 조지아 같은 곳에서는 서점과 도서관 책장에서 제 책을 빼 버리기도 했어요. 흑인들이 그랬지요." 토니 모리슨은 현명했다. 화가 난다고 다음 작품을 망칠 수는 없었다. 아무리 생각해 봐도 "글로 쓰기엔 분노는 너무 시시하고 연민은 너무 질척거리는 감정"이었다.

토니 모리슨은 아주 어린 시절부터 말과 글의 힘을 믿었다. "저는 세 살쯤 되었을 때 언니와 함께 조약돌로 보도에 글자를 쓰곤 했습니다. …… 우리 집에서 한 블록 떨어진 울타리에 어떤 단어가 검정 페인트로 크게 적혀 있었는데, 우리는 그 글자를 따라 쓰기로 했습니다. 우리는 에프(f)를 쓴 다음 유(u)를 썼지요. 그러자 어머니가 고함을 지르며 계단을 내려오더니 '가서 빗자루 가져와. 물도 한 통 가져오고. 너희 대체 왜 그러니?'라고 말했습니다. …… 아무튼, 그때 저는 말의 힘에 대해서 두 가지 사실을 배웠습니다. 말은 어머니를 완전히 기겁하게 만들 수 있었지요. 또 조약돌로 보도에 글자를 쓰는 것만으로도 아주 폭발적인 반응을 일으킬 수 있었습니다." 토니 모리슨은 자신에게 쏟아지는 관심과 비판을 모두 "폭발적인 반응"이라고 해석하며, 작가로서의 자존감을 회복했다.

하지만 위기는 또 다시 찾아왔다. 1987년 『빌러비드』를 출간한 후부터 토니 모리슨은 "책을 한 권 끝낼 때마다" 이

책이 "마지막 책"이라고 선언한다. "너무 힘들어요. 이렇게 살 수는 없다고 스스로 말하지요. …… 글이 잘 안 써지면 비참해집니다. 글이 잘 써지면 정말 신나지만요. 저는 자기 기준이 아주 높습니다. 같은 책을 또 쓰고 싶지는 않아요. …… 힘들고 멋진 작업이지만, 한 권을 끝내고 나면 이런 식으로 또 다시 5년을 보내지는 않겠다고 생각하지요." 다행 스럽게도 토니 모리슨은 도망치지 않았다. 그는 생각이 점점 깊어지는 과정, "아주 냉정하게 생각하고, 그 생각에 여러 가지 감정의 색을 입히는" 시간을 포기할 수 없었다. 그렇게 토니 모리슨은 절필 선언을 30년 가까이 꾸준히 번복했다.

80대 중반이 된 토니 모리슨은 2015년 『하느님 이 아이를 도우소서』를 발표한다. 그는 여전히 인간의 이성과 역사의 진보를 긍정하고 있었다. "우리가 아무리 무시하려 해도 정신은 늘 진실을 알고 모든 게 분명해지기를 원해." 토니 모리슨은 작가로서 보낸 약 50년의 시간 동안 자신이 무엇을 추구했는지 우회적으로 고백했다. 이 소설이 그의 마지막 작품이 되고 말았다. 2019년 8월 5일, 토니 모리슨은 세상을 떠났다. 『빌러비드』의 한 문장이 스쳐 지나간다. "그 여자는 내 마음의 친구야." 글 쓰는 여자는 우정을 잊지 않는다.

토니 모리슨은 아주 어린 시절부터
말과 글의 힘을 믿었다.

2012년, 토니 모리슨은
버락 오바마 당시 대통령으로부터
미국 최고의 시민상인
대통령 자유 훈장을 받았다.

글 쓰는 여자는
멈추지 않는다

✦ 나딘 고디머

"당시 내 나이 열한 살, 모든 것이 이상했습니다. 어머니
와 함께 신발을 사러 가면 얼마든지 신발을 신어 볼 수 있었
고 집으로 가져올 수도 있었죠. '나는 가져갈 수 있는데 저
사람들은 왜 안 되지?' 나는 열다섯 살 때 그 경험을 바탕으
로 첫 번째 이야기를 썼습니다. 내가 내 양심을 자각한 것은
그때가 처음입니다."

나딘 고디머는 1923년 남아프리카공화국 요하네스버그
근처의 작은 탄광촌에서 태어났다. 리투아니아 출신인 아버
지는 소련의 유대인 박해를 피해 아프리카로 이주했다. 탄광
촌 스프링스에서 보석상으로 자리를 잡은 아버지와 영국 출
신으로 백인 중산층 문화에 자부심을 가졌던 어머니는 똑
똑한 딸을 성공회 수녀원에서 운영하는 학교로 보냈다. 나
딘 고디머는 학교에서 배우는 내용보다 더 많은 것들을 알
고 싶어 했다. 온통 책 생각뿐이었다. 혼자서 집 안에 있는
책들을 다 읽어 치우고, 도서관을 부지런히 다녔다.

어느 날부터인가 나딘 고디머는 우연이라고 볼 수 없는 일을 반복적으로 경험한다. "내가 다니던 수도원 학교는 모두 백인 아이들이었고 토요일 오후에 극장을 가도 모두 백인뿐이었습니다. 나는 지방 도서관에 다녔는데 흑인들은 들어갈 수 없었어요." 만약 흑인으로 태어났다면 지금처럼 학교를 다니며 책을 마음껏 읽고 작가의 꿈을 가질 수 없었을 것이라고 생각하니, 자신이 누리고 있는 평범한 일상이 한없이 부끄러워지기 시작했다. 부끄러움이 왜 자신과 같은 보통 사람들의 몫이 되어야 하는지 이해할 수 없었다. 폭력적이고 모순적인 제도가 사회를 분열시키고 인간을 피폐하게 만들고 있음을 자각하자 분노에 휩싸였다. 반드시 작가가 되어 이 문제를 집요하게 파고들겠다고 결심한다.

나딘 고디머는 2차 세계대전이 끝나고 대학에 입학했지만, 교양 학부 1년을 다닌 후 독학자의 길로 방향을 틀었다. 그가 품은 "지식을 습득하고자 하는 호기심과 욕망"을 정규 교육은 충족시켜 주지 못했다. 쓰고 싶은 글이 넘쳐났다. 나딘 고디머는 극단적인 인종차별 제도가 지배하는 남아프리카공화국에 살고 있는 이상 문학도 정치적 책임을 져야 한다는 결론을 먼저 내린 채 작가 생활을 시작했다. "우리들의 삶의 형체를 이루는 것이 무엇이겠습니까? 그것은 정치와 정치적인 책략입니다. 우리는 모두 이것이 만들어 낸 산물입니다. 그러니까 광범위한 의미에서 저도 다른 작가들과 마찬가지로 좋든 싫든 가르치고 있는 셈일 것입니다. 작가가 무엇을 쓰든지 그것은 정치적인 의미를 띠게 되고 결국 작가는 사회적인 상황의 형상화를 통해서 무엇인가를 가르치게 되는 것입니다." 소수의 백인들이 남아프리카공화국을 완벽하게 장악하고 있었다. 인구의 80퍼센트가 훨씬 넘는 흑인들은 직업 선택은 물론이고 거주와 이동의 자유 및 토지 소유권을 박탈당한 채 백인들로부터 철저하게 격리되어야 했다. 흑인과 백인 간의 연애와 결혼도 법적으로 금지되어 있었다. 시간이 지날수록 나딘 고디머의 고민은 깊어져 갔다.

1949년, 나딘 고디머는 인종차별 제도가 흑인과 백인 모두에게 불안과 공포만을 야기할 뿐이라는 문제의식을 담은 단편소설 「얼굴을 맞대고」를 발표하며 남아프리카공화국의 인종차별 제도 철폐 운동에 본격적으로 뛰어든다. 많은 독자들에게 아파르트헤이트 문제를 제대로 전달할 수 있는 방법을 고심했다. 나딘 고디머는 1953년에 자전적 성장 소설인 『거짓의 날들』을 출간한다. 남아프리카 광산 마을의 백인 중산층 가정에서 자란 주인공 헬렌 쇼는 대학에 진학한 후 다양한 피부색을 가진 사람들을 만나 자신이 지금껏 백인으로서 누려 온 특권을 인지하는 한편 자기 방어를 위해 취했던 위선적 태도를 통렬하게 반성한다. 나딘 고디머는 백인의 위치에서 아파르트헤이트를 비판할 수 있는 자신의 사회적 입지와 특권을 변명하지 않았다. 실제로 백인 작가는 흑인의 상황에 대해 제대로 알 수도 없고 설득력 있는 작품을 쓸 수도 없다는 따가운 시선들이 쏟아졌다. 그와 같은 분열적이고 이분법적인 사고 또한 아파르트헤이트의 폐해라고 그는 생각했다. 작가는 오직 작품으로만 자신을 증명할 수 있다고 믿었다. "제 책들이 이 세상에서의 제 존재에 대해 가장 잘 말해 주니까요." 『거짓의 날들』을 쓰면서 나딘 고디머는 아파르트헤이트를 무너뜨릴 방법을 고심하는 것 못지않게 한 인간이 가질 수 있는 다양한 정체성이 교차하는 지점에 주목하게 된다. 작가로서의 역량이 수직 상승했다.

1971년부터 1981년까지 나딘 고디머는 네 편의 장편소설을 발표한다. 『명예로운 손님』(1971), 『보호주의자』(1974), 『버거의 딸』(1979), 『줄라이의 사람들』(1981)에서 나딘 고디머는 내적 갈등에 시달리면서도 무기력한 백인들의 방황과 인간으로서의 모든 권리를 박탈당한 흑인들의 고통을 섬세한 심리적 묘사로 핍진하게 나타냈다. 흑인 독자들의 반응은 여전히 둘로 나뉘었다. 감옥에서 『버거의 딸』을 읽고 큰 감동을 받은 넬슨 만델라는 27년간의 수감 생활을 마치고 나오는 길에 "나는 나딘을 만나야 합니다."라는 말로 나딘 고디머의 작품에 큰 찬사를 보냈다. 반면, 흑인들의 생활과 감정이 나딘 고디머의 작품에 일관되게 결여되어 있다고 비판한 비평가들도 상당수였다. "백인 여성 작가의 공허한 문학 활동"이라는 공격이 작품을 발표할 때마다 따라다녔다.

『버거의 딸』을 비롯한 나딘 고디머의 작품들이 연이어 판매 금지 조치를 당하고, 그가 아파르트헤이트 정권을 전복시키려 한 아프리카민족회의의 당원으로서 투쟁 지지 의사를 밝혀도 상황은 달라지지 않았다. 실상가상으로 아파르트헤이트가 철폐되면 나딘 고디머의 작품 생명은 끝나게 될 것이라는 악담을 유포하는 사람들까지 생겼다. 그러한 예측은 보기 좋게 뒤집혔다.

1991년, 나딘 고디머는 노벨 문학상 수상자가 되었다. 그가 장엄한 서사 구조를 갖춘 소설로 인류의 위대한 발전에 기여했다는 사실에 심사위원 누구도 이의를 제기하지 않았다. 그로부터 3년 후인 1994년에 아파르트헤이트는 남아프리카공화국에서 종식되었고, 넬슨 만델라가 최초의 흑인 대통령으로 선출되었다. 나딘 고디머의 일상은 하나도 달라진 것이 없었다. 그는 매일같이 글을 썼다. "아침에 적어도 네 시간 동안 전화도 안 받고 문도 안 엽니다. 그렇게 완벽한 혼자만의 시간을 가집니다." 오히려 남아프리카공화국에는 써야 할 이야기들이 더욱 많아졌다. 아파르트헤이트 제도가 사라지자 누적되었던 사회적 갈등이 폭발했다. 나딘 고디머는 섣부른 패배주의를 경계했다. 2006년에 나딘 고디머는 집으로 침입한 세 명의 괴한들에게 감금된 채 돈을 강탈당했지만, 그 사건으로 사회가 퇴보했다고 단정하지 않았다. 검열을 받고, 도청을 당하고, 보안 경찰의 감시에 시달렸던 과거와 비

싸우다

교했을 때 세상은 분명 좋아졌을뿐더러, 그는 여전히 인간이 노력하는 한 조금씩이나마 역사는 발전한다고 믿었다. "우리는 인종차별을 철폐했고, 이를 축하하자마자 서로의 민낯을 바라봐야만 했죠. …… 잘못도 많았지만 남아공의 과거를 극복하려는 수없이 많은 위대한 일들이 있었습니다. 우리는 지금 숙취로 인한 두통에 시달리고 있습니다."

나딘 고디머는 빈곤, 범죄, 에이즈, 난민 문제에도 적극적이었다. 그는 자신이 동시대 최고의 소설가로 꼽는 동료들에게 직접 연락을 취해 "작가 인생을 통틀어 최고의 이야기" 한 편씩을 부탁했다. 인세 전액은 에이즈 예방 운동 단체에 기부할 계획이었다. 나딘 고디머의 친구들이기도 한 수전 손택, 크리스타 볼프, 마거릿 애트우드, 살만 루슈디, 잉고 슐체, 치누아 아체베, 귄터 그라스, 가브리엘 가르시아 마르케스, 오에 겐자부로, 주제 사라마구 등 총 20명의 대가들이 뜻을 함께했다. 2004년『내 인생, 단 하나뿐인 이야기』를 펴낸 이후로도 그의 대외 활동은 계속되었다. 나딘 고디머는 2007년에 맨부커 상 초대 심사위원으로 위촉되었다. "기념비적일 정도로 많은 책"을 읽었다. 그는 읽는 만큼 썼다. 2007년, 83세의 나딘 고디머는『베토벤의 16분의 1은 흑인』을 발표했고, 3년 후『인생』을 공개했다. 나딘 고디머는 2014년 91세의 나이로 세상을 떠날 때까지 다음 작품을 준비했다. 글 쓰는 여자는 멈추지 않는다.

나딘 고디머는 자신이
백인으로서 누린 특혜를 알게
되었을 때 느꼈던 부끄러움과
충격을 평생 잊지 않았다.

1991년 노벨 문학상을 수상하고
1994년 아파르트헤이트가 종식되었지만,
글쓰기로 하루를 시작하는
나딘 고디머의 생활은 변함없었다.

글 쓰는 여자는
자신의 뜻을 이룬다.

✦ 가네코 후미코

"뜻을 세우고 자신의 생활을 개척하려는 자에게는, 특히 공부로 뜻을 세우려는 자에게는 도쿄만큼 매력적인 유혹은 없다. (……) 아, 동경했던 도쿄여, 너는 나에게 내가 바라는 나 자신의 진정한 생활을 줄 것인가. 나는 믿는다."

1920년 봄, 열일곱 살의 가네코 후미코는 "차비 10엔이 전부였"지만 아버지에게 단호하게 말했다. "내일 도쿄로 갑니다." 사실 아버지가 딸을 쫓아냈다. "너 같은 불효녀랑은 못 산다." 아버지는 가네코 후미코의 머리채를 잡고 방안을 이리저리 끌고 다녔다. 아버지랍시고 하는 일은 "하루 종일 술 마시고 노름하는 게 전부였다."

1903년 요코하마 시에서 태어난 가네코 후미코는 무적자로 자랐다. 아버지는 호적에 딸의 이름조차 올리지 않았다. "학교 갈 나이에도 학교에 갈 수 없었다." 일본이 근대 국가의 체제를 완비하고 문명국으로 도약하기 위해 의무교육을 시행하고 있던 때였다. "메이지 초기 교육령이 발포되어

싸우다

산간 오지까지 학교가 세워지고 사람의 자식이라면 누구나 정신적, 육체적 능력에 심각한 문제가 있지 않은 한 남녀를 불문하고 만 일곱 살이 되는 4월부터 국가가 강제적으로 의무교육을 받도록 했다. 그리고 인민은 모두 문명의 혜택을 입었다." 가네코 후미코는 자신이 과연 "사람의 자식"인지 자문했다. 언젠가 인민의 한 사람이 될 수는 있을까? 국가가 무엇인지도 궁금했다. 무적자로 태어난 자신에게 도대체 무슨 죄가 있는지 알고 싶었다. 하지만 당장 살 곳조차 없었다.

가네코 후미코는 부모에게 버림받았다. 결국 1912년에 조선에서 살고 있는 고모 집을 찾아가 식모살이를 할 수밖에 없었다. 어렵사리 충북 청원 부강리의 부강고등소학교를 다니게 되었지만, 무적자라는 이유로 늘 차별을 당했다. 많이 서러웠지만, 무엇을 어떻게 해야 하는지는 몰랐다. 1919년 조선을 떠나기 전, 가네코 후미코는 3·1운동을 목격하고 깊은 감동을 받는다. 죽음을 무릅쓰고 조선 독립을 외치는 사람들의 모습에서 위엄을 느꼈다.

1919년 4월, 가네코 후미코는 어쩔 수 없이 고향으로 돌아왔다. 아무도 반기지 않았다. 아버지는 늙은 친척에게 돈을 받고 딸을 팔아넘기려 했다. 가네코 후미코는 결혼을 빙자한 인신매매를 거부했고, 아버지와의 갈등은 더욱 깊어졌다. 결국 떠나기로 결심한다. 무엇보다 도쿄에서 공부를 하고 싶었다. "내 생활을 스스로 개척하고 스스로 창조하지 않으면 안 된다."는 마음은 나날이 강해졌다. "운명이 나에게 은혜를 베풀지 않은 덕에 나는 나 자신을 찾을 수 있었다." 가네코 후미코는 "과거의 모든 것에 감사"하며 "아버지여, 안녕"을 외쳤다.

도쿄에 도착하자 가네코 후미코에게 "미개척의 대광야"가 펼쳐졌다. "미싱이라도 배워 건실한 상인에게 시집가는 게 훨씬 나을지도 모른다."느니, "뭐니 뭐니 해도 돈이 세상의 중심이다. 어설프게 공부해서는 출세 못한다."는 말들이 쏟아졌지만, 전혀 개의치 않았다. 우선 신문팔이를 시작했다. 목표도 분명했다. "나는 영어, 수학, 한문 세 과목을 전문으로 배워 여학교 졸업 검정 시험을 본 뒤 여자의전(女子醫專)에 진학하리라 마음먹고 있었다." 하루하루 숨 가쁘게 살았다. 그래도 "희망이 그 고통을 극복하고도 남았다." 가네코 후미코를 비롯한 도쿄의 고학생들은 무엇이 자신들의 삶을 견딜 만하게 하는지 진지하게 탐색했다. 1921년 출간된 데구치 기소의 『도쿄의 고학생』이 판을 거듭하며 사랑을 받던 시기였다.

호기심 많았던 가네코 후미코는 다양한 집회에도 참여했다. 불교제세군, 사회주의자 그룹, 기독교구세군 등의 설교를 들었지만, 가네코 후미코는 모두 허상에 지나지 않는다고 판단했다. 가네코 후미코는 일관되게 "나 자신의 참된 만족과 자유"가 무엇인지를 탐문했다. 자연스럽게 아나키즘에

싸우다

영화 「박열」(2017)에서. 가네코 후미코는 박열과 동지였다.

경도되고 있었다.

　때마침 동지들이 나타났다. 신문 판매로만 생계가 유지
되지 않아 인력거꾼, 야간 경비원으로 일하며 노점상에서
비누를 팔기도 했던 가네코 후미코는 오뎅 요리집에서 일을
하며 학교의 월사금과 전차비를 벌었다. 그 가게는 "신문기
자라든가 사회주의자라든가 회사원이라든가 문인 등 사회
의 일부 인텔리들이 단골로 자주 들렀"던 곳이었다. 야간 학
교에서도 "여자 친구를 한 명 발견했다. 니야마 하쓰요 상이
그 사람이었다."

　가네코 후미코는 그 친구에게 베르그송이나 스펜서나
헤겔 등의 사상 일반은 물론이고, 슈티르너, 알티바세프, 니
체 등을 소개받는다. 『노동자 세이료프』와 『죽음의 전야』를

읽으면서 전율을 느꼈다. 가네코 후미코는 줄기차게 책을 읽으면서 새로운 사상을 만났다. 일본에서 발행되는 모든 신문과 잡지를 샅샅이 찾아 읽었다. 조선 유학생들이 펴내는 잡지에도 관심을 가졌다. 가네코 후미코의 삶은 또 한 번 급류를 탄다. 자신이 "개척"한 운명이었다.

1922년 2월, 가네코 후미코는 조선 유학생 정우영이 건넨 《청년조선》 잡지에서 박열의 시를 읽게 되었다. "시에서 이상할 정도로 강력한 반역 기분"을 느낀 가네코 후미코는 박열을 만나기로 결심한다. 예감은 틀리지 않았다. "그야말로 내가 할 일을 알고 있다."는 확신이 들었다. 가네코 후미코는 박열에게 단도직입적으로 묻는다.

"그러니까 연인이라고 할 수 있는 사람이 있나요? 만약 있다면 나는 당신과 단지 동지로서만 교제해도 상관없습니다만."

박열은 "저는 혼잡니다."라고 답했고, 두 사람은 마지막으로 조선인과 일본인으로서 상대에게 "반감"을 가지고 있는지 확인했다. 박열은 "일본의 권력 계급"에 반감을 가지고 있을 뿐, "당신같이 아무 편견을 갖고 있지 않는 사람한테는 오히려 친밀감까지" 느낀다고 고백했다. 모든 것이 일사천리였다.

두 사람은 함께 살기로 결정하면서 세 가지를 굳게 약속한다. 첫째, "동지로서 함께 할 것", 둘째, 가네코 후미코를

"여성으로 차별하지 않을 것", 셋째, "둘 중 하나가 사상적으로 타락하여 권력자와 악수하는 일이 생길 경우에는 즉시 공동생활을 그만둘 것."

1922년 7월, 두 사람은 아나키스트 단체인 흑도회의 기관지 《흑도》를 창간했고, 연이어 《불령선인(不逞鮮人)》을 펴냈다. 박열은 특별 감시 대상자가 되었다. 잡지 발간과 사상 운동을 위해 가네코 후미코는 조선인삼 상인으로 나섰다. "마시자, 마시자, 만인이 두루 아는 영약 조선인삼을. 자본가도 노동자도 정치가도, 품질 확실, 효능 보증."을 외치며 가네코 후미코는 운동자금을 모았다.

흑도회는 문호를 개방하고 "모두 각자가 결정할 바"를 존중하는 아나키스트들의 모임이었지만, 단숨에 반역 단체로 간주되었다. 심지어 지진마저도 그들의 탓이었다. 1923년 9월 1일 간토 대지진이 발생하자 군경과 자경단은 6천 명 이상의 조선인을 학살했다. 여론이 심상치 않자, 일본 정부는 박열과 가네코 후미코에게 "대역죄"를 씌웠다. 천황 암살 모의를 이유로 두 사람은 사형 선고를 받았다. 3년에 걸쳐 만들어진 사건이었다.

사형수 가네코 후미코는 남은 시간을 "자서전인 듯한 글을 쓰는 데 열중하여 거의 휴식도 운동도 하지 않은 채 오로지 원고 쓰는 일에만 매달렸다." "가까운 시일 안에 형을 받을 것이기 때문에 나는 서둘러 자서전을 쓰고 있습니다. 이

것이 출판되어 하나라도 내게 공명해주는 사람이 세상에 있다면 그것으로 만족하며, 나의 시작부터 생명이 끝나는 날까지 이 세상의 절멸과 나의 죽음에 의미를 부여할 수 있을 거라 믿고 있습니다." 가네코 후미코는 마지막 순간까지 다쿠보쿠의 시를 잊지 않았다. "핑계대지 말고 당당하게 살아가라. 언젠가 흙으로 돌아갈 몸이니까." 1926년 4월 가네코 후미코는 무기징역으로 감형되었고, 석 달 뒤 자살을 감행하여 천황의 '은사'에 저항했다.

1931년 7월, 사후 5주년을 맞아 가네코 후미코의 자서전『무엇이 나를 이렇게 만들었는가』가 출간되었다. 가네코 후미코의 삶에 공명하는 독자들이 많았다. 가네코 후미코는 무적자, 고학생으로 "고심참담"의 세월을 거친 끝에 사상가, 출판인, 문학가로 자신의 삶을 개척했다. 그는 "내가 바라는 나 자신의 진정한 생활"을 쟁취했다. 글 쓰는 여자는 자신의 뜻을 이룬다.

"운명이 나에게
은혜를 베풀지 않은 덕에
나는 나 자신을 찾을 수 있었다."

가네코 후미코는
도쿄에서 자신의 삶을 개척해
나가며, 박열을 포함하여
새로운 동지들을 많이 만났다.

3부 살아남다

글 쓰는 여자는
삶을 포기하지 않는다

✦ 박경리

　"『토지』 제1부를 《현대문학》에 연재 중이던 1971년 8월, 암이라는 진단에 의해 수술을 받은 일이 있다. 수술 첫날 병실 창가에서 동대문 쪽으로부터 남산까지 길게 걸린 무지개를 보았다. 참 긴 무지개였었다. 아마 나를 데려가려나 보다, 하고 나는 무심히 중얼거렸다. …… 삶에 보복을 끝낸 것처럼 평온한 마음이었다."

　사는 게 많이도 힘드셨나 보다. 처음에는 그렇게만 생각했다. 그러다 암 선고를 받은 시점이 『토지』 제1부를 연재 중이던 때였다는 사실에 시선이 머물렀다. 만약 박경리라는 위대한 작가를 일찍 잃어버렸다면 『토지』는 완성되지 못했을 것이고, 나를 비롯한 『토지』의 독자들은 크게 슬펐을 것이다. 그러자 『토지』 서문이 다르게 읽혔다. 대하소설 『토지』를 출사표로 던진 박경리의 중압감이 얼마나 컸을지 짐작이 간다. 박경리는 자신에게 솔직했다. "나는 현재 지쳐 있습니다." 다행히 박경리는 『토지』로 다시 돌아왔다.

"정작 죽음의 공포, 암이라는 병에 대한 불안은 가을, 회복기에서부터 시작되었다. 언덕길이 보이는 창가에 앉아서 아이들이 뛰어가고 시장바구니를 든 주부가 지나가는 풍경을 바라보며 세상은, 모든 생명, 나뭇잎을 흔들어 주는 바람까지 더없이 소중하게 느껴졌다. 살고 싶다고 생각했다." 박경리는 퇴원하자마자 글을 쓰기 시작했다. "글을 쓰지 않는 내 삶의 터전은 아무것에도 없었다. 목숨이 있는 이상 나는 또 글을 쓰지 않을 수 없었고, 보름 만에 퇴원한 그날부터 가슴에 붕대를 감은 채 『토지』의 원고를 썼던 것이다. 100장을 쓰고 나서 악착스러운 내 자신에 나는 무서움을 느꼈다." 박경리가 《현대문학》에 1969년 6월부터 연재를 시작한 『토지』는 각 부마다 연재 지면이 바뀌는 곡절을 겪으면서도 1994년 총 5부 16권으로 완간되었다. 집필 시간만 25년, 원고지로는 3만 1,200장 분량이었다. 저절로 고개가 숙여진다.

박경리는 1926년 경상남도 통영에서 태어났다. 아버지는 가정에 무관심했고, 일찍이 집을 나가 다른 여자와 살았다. 세월이 흘러 진주여고 졸업반이 된 박경리는 어렵게 아버지를 찾아가 대학 입학 등록금을 이야기했지만, 뺨만 맞고 돌아왔다. 어머니에 대한 마음도 실타래처럼 엉켜 있었다. "나는 어머니에 대한 연민과 경멸, 아버지에 대한 증오, 그런 극단적인 감정 속에서 고독을 만들었고 책과 더불어 공상의 세계를 쌓았다."

극심한 가난도 어린 박경리에게 깊은 상처를 남겼다. "국민학교 때 수업료 때문에 몇 번씩 집에 쫓겨 가야 했던 일은 오랫동안 잊혀지지 않는 부끄러움이겠습니다만 우연히 장롱 속에서 수업료의 친 배가 넘는 백 원짜리 지폐들을 접어서 넣은 전대를 발견했을 때의 슬픔, 돈을 보았노라 했을 때 나를 보던 어머니의 험악한 눈은 타인의 눈이었습니다." 그래도 박경리는 "인생은 물결 같은 것"이라고 여길 뿐이었다. 다만 그 "물결"은 어김없이 거칠고도 잔인했다.

1946년 결혼한 박경리는 한국전쟁의 소용돌이 속에서 남편을 잃었고, 몇 년 후에는 어린 아들마저 세상을 떠난다. 참척의 고통은 혼자만의 몫이었다. 글을 쓸 수밖에 없었다. "「암흑시대」는 아이를 홍제동 화장터에 갖다 버리고 돌아온 날부터 책상에 달라붙어 쓴 것이고, 「불신시대」는 아이를 잃은 후 거미줄처럼 보이지 않게 인간들을 휘감아 오는 사회악과 형식화되면서 위선의 탈을 쓴 종교인과 인간 정신이 물체화되어 가는 현실을 바라보며 쓴 것입니다." 그 와중에도 박경리는 냉철함을 잃지 않았다. "하나의 어린 생명이 부당하게, 그리고 처참하게 도수장의 망아지처럼 없어졌다는 일은 도처에서 언제나 일어나고 있는 사소한 사건입니다." 납득하기 어려운 슬픔을 겪으면서도 박경리는 자신의 고통을 과장하지 않고, 더 큰 고통에 처한 사람들을 외면하지 않았다. 품위란 그런 것인지도 모르겠다.

동시에 부조리한 억압과 차별에 끝까지 맞서는 용기도 잃지 않았다. 박경리는 "결코 남성 앞에 무릎을 꿇지 않으리라는 굳은 신념"을 글쓰기로 실천했다. 살롱처럼 운영되고 있던 남성 작가 중심의 문단을 박경리는 불신했다. 남성의 체험은 값진 문학적 소재로 평가하면서 여성의 이야기는 사소한 신변잡기로 취급하는 평단에도 날카로운 질문을 던졌다. "실전을 경험하고 전쟁 이야기만 늘 쓰는 남성 작가에게는 왜 사소설이라는 딱지를 붙이지 않는가."

　　가끔 위로하듯 좋은 일도 있었지만, 기쁨은 짧았다. 박경리는 1958년 「불신시대」로 현대문학상 수상자가 되었다. 그러나 "수상한 다음다음 날 또다시 화재라는 액운을 만나 사과궤짝의 살림살이나마 다 날려 버렸다. 그때 마침 딸아이는 중학교 입시의 시기였으므로 울었던 일이 지금도 눈앞에 선하다." 박경리는 글을 쓰고 또 써서 "영화 원작료다, 인세다, 원고료다 하며" 돈을 벌었다. 박경리는 때가 되었다고 판단했다.

　　"그러구러 하는 동안 나는 다니던 신문사를 그만두게 되었다. 어디다 쓴 일도 있지만 소설가란 내게 천직이었던 모양으로 나는 어떤 직장이든 붙어 있질 못 했다." 주위 사람들은 박경리를 걱정했다. "김말봉 선생님께서도 신문사를 그만둔 일을 꾸중하셨고 내 자신도 어쩔 참인지 다만 막막하기만 했다." 박경리는 교사, 은행원, 기자 등의 직업을 가졌지만, "소설가"라는 "천직"만을 신뢰했다.

박경리는 이른바 인기나 출세에도 별다른 관심이 없었
다. "세속적인 성공이 나하고 무슨 상관이겠는가, 내 문학하
고 무슨 상관이겠는가, 내 인생하고 무슨 상관이겠는가 하
는 의심과 자문자답은 나를 허황하게 흩뜨려 놓고 보다 깊
은 고독과 사람을 만나기 꺼려 하는 경향을 짙게 했을 뿐이
다."라고 털어놓았다. 무엇보다 어린 시절 외할머니에게 들
었던 "호열자(콜레라)로 외가 사람들이 다 죽었는데 딸 하나
가 살아남아 집을 지켰다."는 이야기가 여전히 자신을 맴돌
고 있음을 알아차렸다. 박경리는 "딸 하나가 살아남아" 집과
땅을 어떻게 되찾는지, 그 이야기를 원고지에 쓰기 시작했
다. 『토지』의 주인공 서희는 박경리의 분신이 아닐까? 읽을
때마다 같은 착각에 빠진다.

어렵게 살아남은 "딸 하나"가 모든 역경을 극복하고 빼
앗긴 '토지'를 결국 되찾고야 마는 이야기는 그 자체로도 감
동적이다. 그러나 『토지』는 한 발 더 앞으로 나아간다. 서희
는 토지를 되찾는 데 만족하지 않고, 마을의 어려운 사람들
을 보살피며 평사리를 정의와 사랑이 공존하는 공동체로 변
모시켜 간다. 그 공간이 우리 앞에 실제로 펼쳐졌다.

『토지』의 배경인 경남 하동군 악양면 평사리 "최 참판
댁"은 소설 속 풍경 그대로 만들어졌다. 드라마 「토지」의 촬
영 장소이기도 했다. 그곳에서 박경리는 『토지』를 쓴 연유

살아남다

를" 알게 되었다고 고백한다. "과연 박아무개의 의도라 할수 있겠는지, 아마도 그는 누군가의 도구가 아니었을까." 그렇다면 그 "누군가"의 실체는 무엇일까? 박경리는 평사리에서 소설의 운명을 확인한 것이 아니었을까? "시가 나를 찾아왔어." 파블로 네루다가 실토했듯이, 박경리도 알아차렸다. 『토지』가 박경리를 찾아왔다. 그러므로 박경리에게는 쓰는일만이 삶의 전부일 수밖에 없었다. 박경리의 딸은 어머니가어떤 작가였는지 다음과 같이 증언한다.

"마음속으로 온갖 고통을 꾹꾹 누르고 있다가 마지막해를 넘기는 날 같은 때에는 한 번씩 창자가 끊어지듯 우셨어요. …… 어머니는 마치 온몸을 부숴 버릴 듯 통곡을 하시고 난 다음엔 언제 그랬느냐는 듯 단정하게 앉아, 그야말로 모질게 원고지 앞에 앉아 펜을 드시곤 했습니다." 한평생많이 슬프고 크게 아팠던 박경리는 그 고통 앞에 굴복하지않았다. 글을 써 내려가며 그 무엇에도 "눌리지는 않으리라는 독한 마음"을 지킬 수 있었다. 2008년 4월 박경리는 마지막 시를 남긴다. "모진 세월 가고/ 아아 편안하다." 모진 세월은 그냥 물러가지 않았다. 억울하고 혹독했던 시간들과 싸우기 위해서 무엇보다 살기 위해서 박경리는 소설을 썼다. "소설이란 삶과 생명의 문제이며, 삶이 지속되는 한 추구해야 할 무엇이지요." 글 쓰는 여자는 삶을 포기하지 않는다.

젊은 박경리는 전쟁에서 남편을,
몇 년 지나지 않아 아이를 잃었다.
참척의 고통은 혼자만의 몫이었다.
글을 쓸 수밖에 없었다.

"모진 세월 가고
아아 편안하다."

글 쓰는 여자는
자신의 운명을 믿는다

✦ 헤르타 밀러

"나는 바닥을 쳤지만 동시에 비밀경찰이 나를 죽이겠다고 협박까지 하는 상황이었어요. 그래서 이런 결론에 이르렀죠. '그들에게 죽임을 당하느니 차라리 나 스스로 목숨을 끊겠다.' 그들은 나를 물속에 던져 버리거나 교통사고를 당하게 하겠다고 협박했어요. 그런데 내가 왜 죽어? 불현듯 화가 났습니다. 나는 '만약 나를 이 세상에서 없애 버리고 싶다면 그 일은 너희들이 해야 할 거야.'라고 생각했어요. 그 생각이 나를 살렸습니다."

헤르타 밀러는 1953년 루마니아 니츠키도르프의 독일계 소수민족 가정에서 태어났다. 가난하고 외진 마을에서 자랐다. 헤르타 밀러는 어린 시절부터 '언어'에 몰입했다. 독일어를 가장 먼저 익혔다. 루마니아어는 열다섯 살 때부터 학교에서 배우기 시작했다. "내 머릿속에는 두 가지 언어가 살고 있어요." 1973년 헤르타 밀러는 티미쇼아라 대학교에 입학했다. 독일 문학과 루마니아 문학을 전공하며, 차우셰스쿠 독

197   살아남다

재 정권에 반대하는 작가들의 모임인 악티온스그루페 바나트에 가입한다. 그는 악명 높은 루마니아의 비밀경찰 세쿠리타테(Securitate)의 특별 감시 대상이 되었다. "나는 문인 단체에서 유일한 여성이었는데 모든 남성 작가들도 나와 같은 상황에 처해 있었어요. 그들도 여러 번 조사받았지만 내가 견뎌야 했던 것과 같은 수치스러운 말을 그들에게는 하지 않았다고 합니다. 그들은 나를 창녀라고 불렀습니다. 내가 스타킹이나 화장품을 대가로 받고 아랍권 학생들과 성관계를 맺은 것을 알고 있다느니, 여러 남자와 함께 있는 것을 봤다느니 말했습니다." 헤르타 밀러는 아랍권 학생을 본 적도 없었다. 루마니아의 독재 정권은 정치적 견해나 문학 작품과는 전혀 상관없는 사건들을 "꾸며내기 시작"했다. 차우셰스쿠 정부가 여성 지식인을 매장하는 방식이었다. 대학 시절을 독재 치하에서 힘들게 보냈지만, 시련은 끝나지 않았다.

헤르타 밀러는 대학을 졸업하고 트럭 공장에서 번역사로 일을 하며 글을 썼다. 정년퇴직 때까지 성실하게 근무하며 좋은 작품을 쓰고 싶었지만 독재 정권이 그의 일상을 짓밟았다. 헤르타 밀러는 비밀경찰의 정보원 역할을 강요받았다. 협력을 거부했다. 다음 날, 헤르타 밀러의 책상에는 다른 사람이 앉아 있었다. 사전들은 통로에 내던져졌다. 하루아침에 실업자가 된 헤르타 밀러는 유치원에서 독일어 교사로 일을 하며 생계를 유지했다. 독재 정권은 계속 폭주했다. 비밀경찰은 헤르타 뮐러를 수시로 소환했다. 가택 수색도 서슴지 않았다. 헤르타 뮐러가 조사실을 자주 드나들자 그를 비밀경찰의 스파이로 오해하는 사람들도 생겼다. "나는 50번 이상 조사받았고 아직도 카메라 플래시에 대한 공포감이 있어요. 조사실에 매달려 있던 작은 전등을 연상시키기 때문이죠."

모멸감에 글을 쓰지 못하는 날들이 많았다. 독재 정권 아래에서 "단 하루도 살고 싶지 않았고 단 한 줄도 쓰고 싶지" 않았다. 헤르타 뮐러는 죽음을 떠올렸다. 비밀경찰들의 손에 죽는 것보다 자살하는 편이 나을 것 같다고 잠시 오판을 내리기도 했다. 그러나 살고 싶었다. 헤르타 뮐러는 "내 고유의 정체성을 지키려는 본능"을 되찾았다. 살해 위협에 겁을 먹고 스스로 생을 포기하는 것이야말로 독재 정권이 가장 원하는 결과일지도 모른다는 생각에 이르렀다. 죽을 이유가 없었다.

"내가 답을 찾은 곳은 문학이었습니다." 헤르타 뮐러는 1982년에 첫 소설을 발표했다. 루마니아의 작은 시골 마을에서조차도 피할 수 없는 독재 국가의 공포를 어린아이의 시선으로 그려낸 『저지대』는 루마니아에서 출간 당시 검열을 거쳐 대폭 수정된 채 나올 수밖에 없었다. 독재자 차우셰스쿠는 작가에게서 언어를 강탈해 갔다. 2년 후인 1984년에 『저지대』 원본이 서독에서 출간되어 주목을 받았지만, 루마

살아남다

니아 정부는 『저지대』를 금서로 분류했다. 같은 해, 루마니아 독재 정권과 비밀경찰을 비판한 『숨막히는 탱고』가 발표되자 헤르타 밀러의 모든 서적이 루마니아에서 출판 금지되는 사태가 벌어졌다. 작가로서의 삶이 원천 봉쇄되었다. 헤르타 밀러는 다시 용기를 낸다. 그는 국경을 넘는다.

1987년, 헤르타 밀러는 독일로 망명했다. 신문과 잡지에서 흥미 있는 단어들을 가위로 오려 내 모은 "낱말 상자"가 전 재산이었다. 독일 정부는 망명 작가 헤르타 밀러에게 몇 가지 사항을 당부했다. "모르는 사람의 집에 들어가지 마시오. 선물을 받지 마시오. 혼자 공원에 가지 마시오." 1989년 12월 25일, 마침내 차우셰스쿠가 처형되었다. 그 후로도 약 1년 동안 헤르타 밀러는 익명의 협박에 시달려야 했다. 힘들 때마다 독일에 온 이유를 떠올렸다. 글쓰기를 포기할 수는 없었다.

헤르타 밀러는 거대한 도시에서 이방인으로 살아가는 자신의 이야기를 담은 산문집 『외다리 여행자』를 1989년에 발표한다. 독일에서 작품성을 인정받고 독자들을 확보하자 그는 루마니아에서 겪은 이야기들을 본격적으로 쓰기 시작했다. 차우셰스쿠 독재 정권 치하에서 고통스러운 청춘을 보낸 다섯 명 주인공들의 삶이 1994년작 『마음짐승』에 헤르타 밀러의 처연하고도 사실적인 언어로 복원된다. 그는 의문투성이로 세상을 떠난 두 친구 롤프 보세르트와 롤란트 키르시를 잊지 않았다. 차우셰스쿠 독재 정권 치하에 두 친구의 부검은 허용되지 않았다. 서둘러 자살로 종결되었다. 헤르타 밀러는 스스로에게 어려운 질문을 던진다.

"침묵하면 불편해지고, 말을 하면 우스워"지는 곤혹스러운 시대에 과연 문학은 무엇을 감당할 수 있을까? 그는 자신의 글쓰기가 증언에 머물기를 원하지 않았다. 헤르타 밀러는 자신이 겪었던 '악몽'을 이야기하면서 삶의 가치를 환기시켰다. "이것들 보라고, 살고들 싶지." 헤르타 밀러는 자신의 어머니와 아버지가 겪었던 악몽의 시대로 한 걸음 더 들어간다.

헤르타 밀러의 아버지는 집안의 우환거리였다. 아버지는 17세에 나치 친위대에 입대했고 전쟁터에서 돌아온 후 트럭 운전사로 일을 하며 평생을 술에 의탁해 살았다. 자신의 과거를 일절 발설하지 않았다. "아침에 출근할 때는 멀쩡하던 사람이 밤에 집에 돌아올 때는 완전히 다른 사람이 되어 있었죠. 분노에 가득 차 화를 내고 폭력적으로 변해 있었어요." 헤르타 밀러의 어머니는 독일계라는 이유로 연합국의 적이자 죄수가 되어 소련의 우크라이나 강제 수용소에서 5년간 감자로 연명하며 노역에 시달렸다. 어머니는 25세에 너무 늙어 버렸다. 감자만 보면 집착했다. 어머니뿐만이 아니었다. 헤르타 밀러가 자란 마을에는 이렇게 강제 수용소에 끌려갔다 온 사람들이 많았지만, 자기들끼리만 비밀스럽

신문과 잡지에서
흥미 있는 단어들을
오려내 모은 '낱말 상자'.

게 이야기를 나누었다. 2001년, 헤르타 뮐러는 강제 추방을
당했던 마을 사람들을 찾아가 그들의 삶을 기록하기 시작
했다.

동료 시인 오스카 파스티오르도 어머니와 같은 이유로
소련의 강제 수용소로 보내져 잡초와 감자 껍질을 삼켜 가
며 살아남았다는 사실을 알게 되었다. 헤르타 뮐러는 그에
게 공동 작업을 제안하고 본격적인 자료 수집에 착수했다.
헤르타 뮐러와 함께 우크라이나 수용소를 방문한 오스카
파스티오르는 당뇨를 극복하기 위해 철저하게 식이 조절 중이었으나 음식을 넘치도록 주문해 모조리 먹어 치웠다. 헤르타 밀러는 어떤 기억은 사람을 돌변하게 만든다는 사실을 확인했다. 오스카 파스티오르는 2006년에 갑자기 세상을 떠났다. 헤르타 밀러는 1년 동안의 공백기를 거친 후 다시 글을 쓰기 시작했다.

2009년 3월, 헤르타 밀러는 『숨그네』를 발표했다. 아사 직전에 처한 주인공 레오는 유일한 재산인 흰색 손수건을 그 무엇과도 바꾸지 않는다. 허기에 이성을 잃고 손수건을 음식과 바꿀 뻔도 했지만, 레오에게 손수건은 운명이자 희망이었다. 레오는 강제 수용소에서 살아남아 집으로 돌아온다. 헤르타 밀러에게 문학은 극한 상황에서도 포기할 수 없는 운명에 대한 믿음이자 삶에 대한 의지이며 타인을 향한 사랑을 뜻했다. 헤르타 밀러는 2009년 노벨 문학상 수상자로 선정되었다. 노벨 문학상 수상 연설을 하며 헤르타 밀러는 청중들에게 물었다. "당신은 손수건을 가지고 있습니까?" 글 쓰는 여자는 자신의 운명을 믿는다.

살아남다

헤르타 뮐러와
오스카 파스티오르. (2006년)

글 쓰는 여자는
이야기의 힘을 믿는다

✦ 이사벨 아옌데

"당신은 이 나라 최악의 기자임에 틀림이 없소. 객관적이지도 못하고 사사건건 끼어들려고만 하지. 내가 보기에는 당신이 거짓말도 꽤 하는 것 같던데. 아마 기삿거리가 없으면 꾸며서라도 낼걸. 차라리 소설이나 쓰는 게 더 낫지 않겠소? 문학에서는 그런 결점들이 장점이 되니까."

대학 진학을 포기하고, 열일곱 살에 언론계에 뛰어들어 "잡지 기사와 텔레비전 방송 프로그램으로" 촉망받던 30대 초반의 기자 이사벨 아옌데는 1973년 파블로 네루다의 "칠레 해안가 별장"에 초대를 받았다. 건강 악화로 "파리 대사 직책"도 그만두고 "마지막으로 시"를 쓰고 있던 파블로 네루다는 인터뷰를 요청하는 이사벨 아옌데에게 면박을 줬다. "나를 인터뷰하겠다고? 나는 절대 그런 건 안 하오." 파블로 네루다는 이사벨 아옌데에게 차가운 일갈을 던지며 "차라리 소설"을 쓰라고 조언했다. 자신의 고언이 훗날 세계 문학사에 어떤 기여를 하게 될지 파블로 네루다는 알고 있었을

살바도르 아옌데 칠레 대통령.

까? 이사벨 아옌데는 파블로 네루다에게 바로 응답할 수 없었다. 소설을 쓰기까지 그녀에게는 시간이 필요했다.

그즈음 칠레에는 긴 암흑의 시대가 닥쳐오고 있었다. 네루다의 정치적 동지였던 살바도르 아옌데 대통령은 1973년 9월 11일 피노체트가 일으킨 군사 쿠데타로 죽음을 맞았다. 파블로 네루다는 1973년 9월 23일 세상을 떠났다. 이사벨 아옌데의 삶도 온전치 못했다. 살바도르 아옌데의 조카인 이사벨 아옌데는 언론 활동이 금지되고 군부 정권의 감시 대상이 되자 1975년에 결국 칠레를 떠나기로 결심한다.

그로부터 6년 후인 1981년, 이사벨 아옌데는 망명지 베네수엘라에서 별 볼 일 없는 마흔을 맞았다. "8월이면 마흔 살이 되는데도 그때까지 이렇다 할 만한 해 놓은 게 아무것

도 없었다." 그리고 빈털터리에 가까웠다. "마흔 살이란 나이
는 격정적인 삶을 살기에는 이미 늦은 나이, 그나마 주어진
기한도 얼마 남지 않은 나이였다. 딱 하나 확실했던 건 내 삶
이 그리 윤택하지 않으리라는 것과 지겨울 거라는 거였다."
남은 인생이 권태로울 것이라는 확신을 어떻게든 무마해야
했지만, 별다른 대책이 떠오르지 않았다. 겸손 이외에 대안
은 없었다. "1981년 그 새해, 다른 사람들은 샴페인을 터트
리고 밖에서는 방금 시작된 새해를 알리는 불꽃놀이가 한
창이었을 때, 나는 따분함을 이겨 내고 거의 모든 세상 사람
들처럼 삶을 겸손하게 받아들이겠다고 마음을 가다듬고 있
었다." 하지만 이사벨 아옌데의 "계획"은 "채 일주일을 버티
지 못했다."

　"1월 8일에 산티아고에 계신 할아버지가 아주 위급하다
는 전화가 걸려 온 것이었다. 그 소식으로 인해 얌전하게만
살아야겠다는 내 약속은 물거품이 되었고, 나는 뜻밖의 전
환점을 맞이했다." 어떤 약속은 숙명적으로 파기되기도 한
다. 이사벨 아옌데는 망명지 베네수엘라에서 "나는 마지막
으로 할아버지에게 편지를 써서 단 한 번도 할아버지를 잊
은 적이 없었으며, 할아버지에 대한 기억을 내 자식들과 그
자식들의 자식들에게까지 남길 생각이니 마음 편하게 떠나
셔도 된다고 말하고 싶었다." 작별 인사를 위해 쓰기 시작한
편지는 이사벨 아옌데의 의도와는 전혀 다른 방향으로 새로

운 운명을 만들어 가고 있었다. 글쓰기에 완전히 몰입하자, 이사벨 아옌데의 "격정"이 되살아났다. 삶은 "윤택"해졌다.

이사벨 아옌데는 외할아버지에게 편지를 쓰다가 1930년 대부터 1973년까지 험난했던 칠레의 역사를 한 집안의 이야기 안에 담아냈다. 모계 4대의 가족사를 아옌데 특유의 마술적 사실주의로 녹여낸 『영혼의 집』은 주인공 니베아, 클라라, 블랑카, 알바가 칠레 근대사를 관통하면서 겪어야 했던 처절한 사건들을 가감 없이 기록하면서도 억압적인 현실을 돌파해 가는 주체적인 여성들의 모습을 비중 있게 다루고 있다. 『영혼의 집』으로 이사벨 아옌데는 라틴아메리카 최고의 작가이자 여성 해방의 가능성을 새로운 시각으로 제시한 페미니즘 작가로 급부상했고, 지금도 변함없이 전 세계 독자들의 사랑을 받고 있다. 이사벨 아옌데에게 『영혼의 집』은 인생의 전환점이 되었다. 그녀 자신도 "그 책이 내 목숨을 구해 주었단다."라고 고백할 정도였다. 『영혼의 집』을 발표한 이후로 이사벨 아옌데는 자신이 진정 원하는 삶이 무엇인지 깨닫게 되었다.

"나는 나의 진짜 재능이 뭔지 감히 입 밖으로 꺼내지도 못한 채 20년 이상을 언론, 단편 이야기, 연극, 텔레비전 대본, 수백 통의 편지들과 같은 문학의 주변으로 맴돌았다." 이미 "아홉 살 때 셰익스피어 전집에 폭 빠져들었"던 이사벨 아옌데는 그 이후로도 줄곧 "이야기"를 좋아했다. 그녀는 "이야기 하나하나가 나 자신의 삶이라도 되듯, 내가 그 이야기들의 주인공이라도 되듯 애절"한 자신의 마음을 스스로에게조차 숨겨 왔다. "객관적이지도 못하고 사사건건 끼어들려고" 했던 "최악의 기자"는 사실 소설가로서 최고의 덕목을 일찌감치 갖추고 있었다. 파블로 네루다의 예언은 적중했다. 이사벨 아옌데는 소설을 써야 하는 사람이었다.

이사벨 아옌데는 『영혼의 집』 집필로부터 봇물 터지듯 글을 썼다. 자신의 작품들이 여러 언어로 번역되는 과정은 흥미로웠고, 다양한 문화권의 독자들을 만나러 다니는 일 또한 보람찼다. 1991년 그날도 스페인 마드리드에서 신작 『영원한 계획』 출판 기념회 행사를 하고 있었다. 이사벨 아옌데에게 날아든 소식은 딸 파울라가 포르피린증(대사 장애의 일종)으로 의식 불명이 되었다는 것이었다. 99세의 외할 아버지에게 "제대로 작별하지 못했다는 죄책감에 사로잡혀" 편지를 쓸 때와는 상황이 달랐다.

서른도 안 된 딸이 갑작스럽게 의식을 잃고 "대여섯 개나 되는 튜브들과 기계들에 연결되어 침대에 누워" 있게 되자 이사벨 아옌데는 설명할 수 없는 "죄책감"과 고통에 휩싸인 다. 이번에도 이사벨 아옌데는 편지를 쓰기 시작했다. "네가 내 과거를 갖도록 해라." 그 편지는 이사벨 아옌데의 자서전 이자 그녀의 가족 연대기였고, 동시에 칠레 현대사였다. 이 사벨 아옌데는 유년 시절의 성폭력 피해와 사회에서 여성이 라는 이유로 겪은 온갖 부당한 차별, 군부 독재를 피해 이방 인으로 살아야 했던 망명객의 울분과 좌절, 이혼을 결정하 기까지의 갈등이며 재혼 과정에서의 혼란 그리고 마침내 되 찾은 자유와 열정과 사랑 등을 딸에게 모두 털어놓았다. 의 식 불명의 딸 앞에서 속수무책이었던 이사벨 아옌데는 견디 기 어려운 시련의 의미를 자신과 딸의 "이야기" 속에서 드러 내 보고자 했다. 끝내 기적은 펼쳐지지 않았다. 1992년 12월 6일, 쓰러지고 채 두 해가 지나지 않아 파울라는 사망했다. 그리고 2년 후인 1994년에『파울라 ─ 사랑하는 딸에게 보 내는 편지』가 출간되었다. 죽은 딸을 살려 낼 수는 없었지 만, 이사벨 아옌데는 딸의 뜻을 이어 나갔다.

빈민 운동에 적극적이었던 파울라를 기억하며, 이사벨

아옌데는 재단 설립을 추진한다. 1996년 출범 이후 지금까지 이사벨 아옌데 재단은 저개발 국가의 여성들이 교육과 직업의 기회를 가질 수 있도록 후원하고 있다. 무엇보다 이사벨 아옌데는 삶을 개척하고 세상을 변화시켜 나가는 여성들의 이야기를 끊임없이 확장해 갔다. 1999년 『운명의 딸』과 2000년 『세피아빛 초상』을 발표하며 이사벨 아옌데는 모계 6대로 이어지는 여성 서사를 완성시켰다. 매 작품마다 새로운 도전이었지만, 이사벨 아옌데는 "마음속에 등불 하나가 켜져 있는 듯 기운이 넘쳐 씩씩하게" 소설을 썼다. 그녀에게 『영혼의 집』은 용기의 원천이었다.

이사벨 아옌데는 새로운 작품의 구상이 끝나면 반드시 1월 8일에 맞춰 집필을 시작한다고 밝힌 바 있다. 그녀는 『영혼의 집』을 쓰기 시작했던 날을 그렇게 기념하며 자기 삶에 예의를 갖춘다. 또한 이사벨 아옌데는 항상 "말을 하거나 글을 쓸 때 무척 조심"하며 살아간다. 말과 글이 "정말 현실이 될지도 모른다고 생각하기 때문"이다. 그녀의 삶에 이미 한 차례 벌어진 일이기도 했다. "차라리 소설이나" 쓰라고 했던 파블로 네루다의 "말"은 "현실"이 되었다. 이사벨 아옌데가 소설을 쓰자 그녀의 "결점들"은 모두 "장점"으로 뒤바뀌게 되었다. 글 쓰는 여자는 이야기의 힘을 믿는다.

살아남다

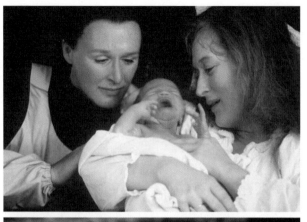

동명 소설을 원작으로 한 영화
「영혼의 집」(1993).
메릴 스트리프와 글렌 클로스,
위노나 라이더 등이 출연했다.

글 쓰는 여자는
아름다운 이야기를 남긴다

✦ 이자크 디네센

"나는 침대에 누워 지난 몇 개월 동안 일어난 일들을 생각하며 그 실체를 이해하려 애쓰고 있었다. 나는 아무래도 삶의 정상적인 궤도에서 벗어나 절대 빠져서는 안 될 소용돌이에서 허우적거리고 있는 것만 같았다. …… 그 모든 게 그저 우연의 일치이며 소위 말하는 불운이 겹친 것일 리는 없고 어떤 근본적인 요인이 존재하는 게 분명했다. 제대로 찾아보면 그 일들의 일관성이 분명히 드러날 것이며 그걸 찾아내기만 하면 구원받을 수 있을 터였다."

1931년, 마흔여섯 살의 카렌 블릭센은 빈털터리가 되어 케냐에서 덴마크로 돌아왔다. 케냐에서 보낸 약 20년의 시간은 파란만장 그 자체였다. 영화 「아웃 오브 아프리카」의 원작자로 유명한 그는 스물여덟 살에 처음 케냐로 떠났다. 그곳에서 스웨덴 출신 귀족과 결혼을 하고 커피 농장 경영에 뛰어들었다. 낯선 땅에서 밤낮 없이 일을 했다. 갑자기 쓰러진 카렌 블릭센은 풍토병과 과로가 겹쳐 탈이 났을 것으

살아남다

로 짐작했지만, 검사 결과는 매독이었다. 남편과는 별거에 들어간다. 카렌 블릭센은 아버지의 죽음을 떠올렸다. 그의 아버지는 매독에 걸린 사실을 알게 되자 자살로 생을 마감했다. 열 살 때 갑작스럽게 아버지를 잃고 충격에 빠졌던 카렌 블릭센은 자신에게도 같은 공포가 닥치자 비관에 빠지지 않기 위해 최선을 다했다.

그는 케냐에 큰 애착을 가졌다. 커피 사업에 매진하는 한편으로 지역 주민들을 위한 학교를 세우고 직접 학생들을 가르쳤다. 족장은 이방인이 만든 학교를 싫어했다. 우선 자신의 권위가 떨어지는 것을 원치 않았다. 더불어 소위 배웠다는 유럽의 제국주의자들이 아프리카에 와서 저지른 일들을 지켜보며 교육이 사람을 망쳐 놓을 수도 있다고 생각했다. 카렌 블릭센은 물러서지 않았다. 그는 읽고 쓰는 능력이 얼마나 중요한지 족장과 주민들을 찾아다니며 설득했다. 마을의 원로들에게 아이들의 미래는 달라져야 하지 않겠느냐고 호소했다. 그의 헌신적이고 한결같은 태도에 마을이 움직였다. 커피 농장 옆 학교에서 케냐의 어린이들은 영어와 수학을 배우고 음악을 들었다. 고산 지대에서 커피를 수확하기란 쉽지 않은 일이었지만, 주위의 우려와 달리 사업은 성장을 거듭했다.

카렌 블릭센은 케냐에서 사업가로 활동하며 많은 사람들과 우정을 쌓았다. 무역업을 하며 아프리카 전역을 자유롭게 여행하던 데니스 핀치 해튼과는 유독 말이 잘 통했다. 영국 출신인 해튼은 카렌 블릭센이 들려주는 이야기를 좋아했다. 어떤 소재를 꺼내도 막힘없이 이야기를 펼쳐 가는 재주를 가진 카렌 블릭센은 1907년 덴마크에서 첫 작품「은둔자」를 발표하고 그 후로도 2년 동안 작가로 활동한 이력이 있었다. 결혼과 동시에 이야기꾼의 본능을 숨기고 살았을 뿐이다. 데니스 핀치 해튼은 카렌 블릭센의 지성과 문학적 재능에 매력을 느꼈다. 카렌 블릭센은 해튼이 추구하는 삶의 가치를 높이 평가했다. 서로 이야기를 주고받으며 밤을 꼬박 새는 날이 늘어났다. 카렌 블릭센은 별거 중이던 남편에게 이혼을 요구했지만, 남편은 남작의 명예를 우선시했다. 1923년에 화재로 커피 농장이 전소(全燒)되고서도 2년이 지난 후에야 남편은 이혼에 합의한다. 손실이 컸지만 자유를 얻었다. 카렌 블릭센은 다시 글을 쓰기 시작했다. 1926년에「진실의 복수」를 덴마크 잡지《틸스쿠에렌》에 발표한다.

1930년, 세계 대공황의 여파는 무서웠다. 커피 생산에 어려움이 많았다. 비가 늘 부족했다. 거대한 메뚜기 떼가 농장을 습격했고, "설상가상으로 커피 가격까지 폭락해서 톤당 100파운드 받던 것을 60에서 70파운드밖에 받지 못했다." 더 이상 버틸 방법을 찾을 수 없었다. "돈이 바닥나 더 이상 비용을 감당할 수 없자 나는 농장을 팔 수밖에 없었다." 1931년 3월에 나이로비의 큰 회사가 커피 농장을 샀다.

"그들은 땅을 새로 구획하고 도로를 낸 뒤 나이로비가 서쪽으로 팽창하면 그 땅을 건축 부지로 팔 계획이었다." 카렌 블릭센은 자신의 삶 일부가 도려내지는 것과 같은 아픔을 느꼈다. 두 달 뒤에는 데니스 핀치 해튼이 비행기 추락 사고로 사망한다. 카렌 블릭센은 모든 것을 잃었다. 그는 연인의 장례식을 치른 후 아프리카를 떠난다.

가족들에게 짐이 되기는 싫었다. 경제적 자립이 가장 시급했다. 식당을 차릴까도 한동안 고민했지만, '이야기'를 포기할 자신이 없었다. 글을 써서 돈을 벌고 싶었다. 어린 시절부터 줄곧 자신을 사로잡아 온 책들이 떠올랐다. 성서와 『천일야화』, 『프랑켄슈타인』, 『안데르센 동화집』에 나오는 멋진 이야기들이 불멸의 존재라는 것을 그는 일찍부터 예감했다. 작가로 살아가고 싶었다. 그에게 이야기보다 든든한 밑천은 없었다. "이야기들이 많으셨잖아요. 간담이 서늘해지는 이야기, 죽마고우도 의심하게 만드는 이야기, 또 더운 밤 큰일을 앞둔 사람들에게 좋은 이야기들, 이제는 없나요?" 그는 몰락한 귀족들의 삶을 떠올린다. 자신의 처지이기도 했다. 카렌 블릭센으로 살아왔지만, 이자크 디네센이라는 필명을 이때부터 사용했다. 히브리어로 '웃음'을 뜻하는 이자크는 그가 재산과 연인과 삶의 터전을 모두 잃고 나서 만든 이름이다.

희망적인 필명을 만들었지만, 작가로 재기하기까지 여러 차례 큰 어려움을 겪었다. 이자크 디네센은 죽은 연인을 기억하여 런던에서 책을 내고 싶었다. 퍼트남 출판사는 원고를 검토하자마자 거절 의사를 전했다. 영어로 쓴 책이라서 덴마크에서 바로 내기도 힘들었다. 다행히 미국의 여성 작가 도러시 캔필드 피셔가 『일곱 개의 고딕 이야기』의 가치를 바로 알아차렸다. 도러시 캔필드 피셔는 흥미진진한 이야기를 지적으로 펼치는 덴마크의 여성 작가를 놓치고 싶지 않았다. 출판을 적극적으로 주선하고 추천사도 맡았다. 1934년, 『일곱 개의 고딕 이야기』는 출간 즉시 미국 전역의 독자들로부터 사랑을 받았다. 퍼트남 출판사는 이자크 디네센에게 정중히 사과하며 『일곱 개의 고딕 이야기』의 영국 판권을 사고 싶다는 뜻을 밝혔다. 책 한 권이 성공을 거두자 세상이 달라졌다. 그는 자신의 변화무쌍한 삶을 긍정했다. "신을 진정으로 사랑하려면 변화를 사랑해야 해. 그리고 농담을 사랑해야 하지." 떠나온 곳의 이야기도 담담하게 털어놓았다.

이자크 디네센은 1938년에 회고록 『아웃 오브 아프리카』를 발표했다. 그는 아프리카에서 들었던 농부들의 축원문을 가슴에 새겼다. "비를 듬뿍, 넘치도록 듬뿍 내려 주십시오. 충심으로 말하건대 저를 축복해 주기 전에는 보내 드리지 않겠습니다." 이자크 디네센은 자신의 삶을 위해 기도한다. "나의 삶이여, 나를 축복해 주기 전에는 그대를 보내주지 않으리." 그에게 축복은 이야기였다. "성공은 글을 쓸수 있다는 것에 비하면 아무것도 아닙니다." 이자크 디네센에게 이야기는 생명이자 구원이었다. 그의 신념은 한 위대한 철학자의 사상적 기반이 되기도 했다. 한나 아렌트는 이자크 디네센의 작품에서 "모든 슬픔은, 말로 옮겨 이야기로 만들거나 그에 관해 이야기한다면 참을 수 있다."는 통찰을 얻었고, 실제로 그와 같은 믿음이 고통을 직시하며 현실을 분석하고 윤리적 판단의 기준을 내린 한나 아렌트의 저작들을 관통하고 있다. 이자크 디네센은 이야기를 멈추지 않았다.

1958년, 72세의 이자크 디네센은 『바베트의 만찬』을 출간했다. 목사였던 아버지의 뜻을 이으며 소박하게 살아가던 노르웨이의 두 자매 마르티네와 필리파는 프랑스 혁명의 소용돌이 속에서 오갈 데가 없어진 요리사 바베트가 무작정 찾아오자 따뜻하게 맞이한다. 바베트는 복권에 당첨되자, 마을 사람들을 위한 만찬을 준비한다. 최고급 재료로 정성껏 차려진 식탁 앞에서 사람들은 사랑을 고백하고, 지나간 날들을 용서하며, 축복을 전한다. 노년이 된 이자크 디네센에게 이야기는 사람을 변화시키는 선물이었다. "이야기 하나 해 드릴게요." 77세의 나이로 세상을 떠날 때까지 이자크 디네센은 오래된 이야기를 새롭게 쓰는 사람으로 살았다. 1954년과 1957년, 이자크 디네센은 두 차례에 걸쳐 노벨 문학상 후보에 올랐으나, 헤밍웨이와 카뮈에게 축하 인사를 건넸다. 글 쓰는 여자는 아름다운 이야기를 남긴다.

영화 「아웃 오브 아프리카」(1985).
이자크 디네센의 회고록을
바탕으로 만들어졌다.

40대에 작가로서의 삶을 시작한
그는 77세에 세상을 떠날 때까지,
쓰는 사람으로 살았다.

글 쓰는 여자는
희망을 물려준다

✦ **제인 구달**

"나는 열여덟 살이 되어 치른 마지막 시험에서 좋은 성
적을 받았다. 그러곤 갑자기 내 학창 시절이 끝났다. 그 다음
엔 무엇을 하지? 나는 오로지 동물을 관찰하고 동물에 대해
글을 쓰고 싶었다. 어떻게 그 일을 시작할 것인가? 동물을
관찰하는 것으로 어떻게 먹고살 수 있을까?"

제인 구달은 일곱 살이 되던 해인 1941년에 장차 아프리
카로 가겠노라고 마음을 굳혔다. 어머니가 도서관에서 빌
려 온 『둘리틀 박사 이야기』에는 신세계가 펼쳐지고 있었다.
"그만큼 좋아했던 책이 없었다." 책을 읽으며 아프리카의 동
물들을 상상하는 시간들은 아주 행복했다. "아프리카에 사
는 동물뿐 아니라, 각종 동물들에 대한 책을 손에 잡히는
대로 읽었다." "나는 러디어드 키플링의 『정글북』에 나오는
모글리 이야기를 무척 좋아했고, 에드거 라이스 버로스의
『타잔』을 특히 좋아했다."

학교 공부도 재미있었다. 문제는 가정 형편이었다. 대학

교를 다닐 돈이 없었다. 어머니는 비서 학교를 강력하게 추천한다. "비서는 세계 어디에서든 직장을 구할 수 있어." 제인 구달은 런던에 있는 비서 학교에서 타자, 속기, 부기 등을 배웠다. 어린이 병원에서 편지를 타자 치며 사회생활을 시작했다. 옥스퍼드 대학 행정실의 서류 정리과로 직장을 옮겼지만 업무는 지루했다. 제인 구달은 사표를 내고 고향으로 돌아갔다. 넉 달 동안 식당에서 일을 하며 모은 돈으로 여객선 케냐 캐슬 호를 타고 아프리카로 떠난다. 1957년, "나는 그때 스물세 살이었다. 죽을 때까지 그 멋진 항해를 잊지 못할 것이다."

제인 구달은 여행을 마친 후 케냐의 나이로비에 정착했다. 만나는 사람들에게 자신은 동물을 아주 좋아한다고 이야기했다. 누군가 "동물에 관심이 있다면 루이스 리키 박사를 만나 봐야 합니다."라고 조언했다. 제인 구달은 박물관으로 전화를 걸어 루이스 리키에게 면담을 요청했다. 인류학자이자 고생물학자인 루이스 리키는 나이로비 자연사 박물관에 재직 중이었고, 마침 비서를 구하고 있었다. 루이스 리키는 제인 구달의 "풍부한 지식에 감탄"했다. 어머니의 선견지명은 옳았다.

1957년 5월에 제인 구달은 루이스 리키의 비서로 채용되었다. 화석(化石)보다 동물이 좋았지만, 우선 주어진 박물관 업무에 최선을 다했다. 루이스 리키는 1956년 말 우간다

**루이스 리키 박사는
제인 구달에게 적극적으로
연구를 권유하고 격려했다.**

고릴라 연구를 마친 후에 곰베 강 침팬지 보호구를 후속 연구로 검토 중이었다. 1957년 9월, 루이스 리키는 제인 구달에게 침팬지 연구를 권유했다. 제인 구달은 학위도 현장 경험도 없는 자신이 과연 동물 연구를 제대로 해낼 수 있을지 잠시 머뭇거렸다. 루이스 리키의 관점은 완전히 달랐다. 그는 "이론으로 머리가 가득 차지 않은" 사람, "진정으로 침팬지들 속에서 살면서 이들의 행동에 대해 알고 싶어 하는 사람"이 독보적인 연구자가 될 수 있을 것이라고 단언하며 제인 구달의 두려움을 불식시켰다. 더불어 제인 구달의 관찰력과 인내력 및 기록 능력을 정확하게 칭찬했다. 침팬지 연구가 "매우 길고 어려운 작업일 것"이기 때문에 인내심을 잃지 않는다면 반드시 동물학자로 성공할 것이라고 제인 구달을 격려한다.

제인 구달은 연구 기금이 마련되는 1년 동안 런던 동물

살아남다

**케냐로 떠나기 전
키우던 개 러스티와 함께.**

원에서 일을 하며 침팬지 관련 책들을 섭렵했다. 1960년 7월
16일, 26세의 제인 구달은 침팬지의 땅으로 알려진 곰베 국
립공원에 도착했다. 침팬지들은 낯선 인간을 경계했다. 때
로는 위협을 가하기도 했다. 검증 기간은 매우 길었다. 4년
이 지나고 나서야 침팬지들은 제인 구달과의 거리를 좁히기
시작했다. "처음에는 내가 500미터나 되는 먼 거리에 있거나
골짜기 반대편에 나타나기만 해도 침팬지들은 모두 도망쳐
버렸다. 그러나 지금 이 두 마리 수컷은 내 곁에 너무나 가까
이 앉아 있어 나는 거의 그들의 숨소리까지 들을 수 있을 지

경이다. 이때가 내가 겪었던 수많은 시간들 가운데 가장 뿌듯했던 순간이다."

곰베 국립공원에서 10년 동안 침팬지를 관찰한 제인 구달은 1971년에 『인간의 그늘에서』를 출간한다. 제인 구달의 관찰에 따르면 침팬지들은 그들 나름의 의사소통 체계를 가지고 있었고, 도구를 제작하고 사용하며, 먹이를 서로 나누어 먹을 줄 알았다. 제인 구달은 "동물에게 성격이 있다는 것을, 이성적인 사고가 가능하고 행복, 슬픔, 절망 같은 감정을 느낀다는 사실"을 어린 시절 키우던 개 러스티를 통해 이미 알고 있었고 침팬지들을 연구하며 자신의 관점에 더욱 확신을 가졌지만, 1960년대까지만 해도 비교 행동학계에서는 동물의 마음과 성격에 대해 언급하는 것 자체를 꺼렸다. 게다가 침팬지들에게 이름을 붙여 가며 개별성을 부여하고 침팬지들의 성격을 분석하는 제인 구달의 연구 방식에 반대하는 전문가들이 많았다.

제인 구달이 침팬지와 인간의 유사성에 주목하고 연구 결과를 축적할수록 그가 대학 교육을 받지 못한 채로 침팬지 연구자가 되었기 때문에 학문적 깊이가 없는 내용을 발표한다는 악의적인 허위 주장이 떠돌았다. 제인 구달은 1962년 현장에서의 연구 경력을 인정받아 학사 학위 없이 케임브리지 대학의 동물학 박사 과정에 입학해, 3년 후인 1965년에 박사 학위를 취득했다. 그의 권위를 빼앗으려고 안

86세의 제인 구달은
지금도 강의와 저술 활동으로
전 세계 젊은이들에게
희망을 전하고 있다.

간힘을 쓰는 사람들이 있었지만, 아무런 소용이 없었다. 시간은 제인 구달의 편이었다. "침팬지들과 시간을 보내면서 대부분의 인간과 아주 비슷하게 강렬한 감정을 가지고 있다는 사실을 깨닫지 않기는 힘듭니다. 상식적이라면요. 이제 과학이 바뀌었지요." 제인 구달의 침팬지 연구는 인간을 더욱 정교하게 재(再)정의할 필요성을 깨닫게 했다. 『인간의 그늘에서』는 "한 세기에 한 번쯤 인간이 스스로를 바라보는 관점을 송두리째 바꿔 놓는 획기적인 연구 결과"로 평가받으며 동물 행동학 연구서 가운데 고전이 되었다. 여러 난관을 뚫고 학자로서의 입지를 확보한 제인 구달은 연구와 저술을 본업으로 삼아 침팬지들과 목가적인 생활을 이어 나가길 원했다. 예측은 어긋났다.

1986년에 침팬지의 행동 특성에 대한 책을 출간하고 미국 국립 과학원 학회에 참석한 제인 구달은 서식지 파괴 현황에 관한 발표를 듣고 큰 충격에 빠진다. 침팬지들이 여러 지역에서 처참하게 도륙되고 있었다. 생포되어 철장 안에 갇혀 있는 침팬지들도 많았다. 나흘 동안의 학회가 끝난 후, 제인 구달은 "완전히 다른 사람이 되었다." 야생 침팬지 보호와 사육 및 서식 환경 개선이 시급했다. 연구 업적에 집착하지 않았다. 제인 구달은 침팬지를 관찰하는 사람에서 지켜주는 사람으로 직업을 바꾸었다. 활동가 제인 구달의 삶이 시작되었다.

어린 시절 겪었던 경험 또한 결단의 순간에 큰 영향을 미쳤다. "내가 어렸을 때 한번은 나보다 훨씬 큰 남자아이 네 명이 게의 다리를 떼고 있는 것을 보았다. 나는 아주 화가 났다. 나는 왜 그런 짓을 하느냐고 물었고, 그들은 이렇게 대답했다. '네가 상관할 일이 아니야.' 나는 그것이 잔인한 짓이라고 말해 주었다. 그들은 웃어 댔다. 그래서 나는 그 자리를 떠나 버렸다. 40년이 지난 지금도 나는 그 일로 수치스러워하고 있다." 부끄러운 기억은 한 번으로 충분했다.

제인 구달은 1986년 이후부터 현재까지 1년에 300일 이상 전 세계를 다니며 강연을 하고 환경 운동과 난민 구호 활동 관련 회의에 참석한다. 2002년에 UN 평화대사로 임명된 이후로 분쟁 지역 및 재난 지역 복구에도 적극적이다. 시간이 부족하면 비행기에서라도 글을 쓰고, 새로운 책을 낼 때마다 독자들과 만나 대화를 나눈다. 특히, 청소년들의 사회 참여가 지구의 희망이라고 믿어 온 제인 구달은 1991년 탄자니아에서 16명의 젊은이들과 함께 환경 교육 프로그램 뿌리와 새싹(Roots & Shoots)을 시작했다. 현재 120개국에서 수십만 개의 '뿌리와 새싹' 모임이 공존의 가치를 추구하며 자치적으로 운영 중이다. 86세의 제인 구달은 오늘도 "젊은 이들을 위한 뿌리와 새싹 프로그램에 에너지의 대부분을 쏟고" 있다. 글 쓰는 여자는 희망을 물려준다.

탄자니아 곰베 국립공원에서
침팬지 '프로이드'와 함께 있는
제인 구달.

글 쓰는 여자는
역사를 탐험한다

✦ 이윤 리

"문학은 문학이라고 생각합니다. 문학이 프로파간다여
서는 안 돼요. 제가 오늘날의 웅장한 중국이나 웅장한 올림
픽에 대해서 쓰고 싶다 해도 아마 그 웅장한 표면 아래의 정
말 어두운 무언가를 볼 겁니다. 저는 그 어떤 표면도 믿지 않
고 그 아래로 들어가 거기 무엇이 있는지 보는 것이 작가의
일이라고 생각합니다."

1996년, 이윤 리는 베이징 대학교를 졸업하고 면역학 공
부를 위해 미국 아이오와 대학교로 향한다. 이윤 리의 별명
은 "수학 천재"였다. 학부 시절부터 중국을 이끌어 갈 차세
대 과학자로 크게 주목받은 그는 2000년에 면역학 석사 학
위를 받았다. 그러고는 과학으로 돌아가지 않았다.

미국에 도착한 직후, 이윤 리는 영어 실력을 향상시키기
위해 글쓰기 강좌에 등록했다. 어린 시절부터 "항상 책을 아
주 많이 읽었지만", 그때까지 단 한 번도 글을 써 본 적은 없
었다. 이윤 리는 새로운 세계를 발견했다. 그는 갈림길에 섰

다. 어떤 선택이 옳은 것일까? 수학 천재는 오래 계산하지 않았다. 이윤 리는 아이오와 작가 워크숍에 등록한다. 그의 단편소설 「천년의 기도」의 주인공 '시 씨의 딸'이 아버지에게 고백한 것처럼, 이윤 리도 영어로 소설을 쓰며 해방감을 느꼈다. "자기 감정을 제대로 표현해 본 적이 없는 언어를 쓰며 자란 사람은 새 언어로 말하기가 더 쉬워져요. 그건 사람을 다시 태어나게 만들어요."

2005년 이윤 리는 100년 전통의 아이오와 대학교 작가 워크숍 과정에서 석사 학위를 받았고, 《뉴요커》와 《파리 리뷰》는 신인 작가의 탄생을 반기며 앞다투어 그의 작품을 소개했다. 2005년 출간된 첫 단편집 『천년의 기도』는 헤밍웨이 문학상을 비롯해 네 개의 문학상을 휩쓸었고, 웨인 왕 감독은 「천년의 기도」를 읽고 바로 영화 제작에 들어갔다. 마치 오랫동안 이윤 리를 기다리고 있었다는 듯, 미국의 문단과 독자들은 그의 작품이 발표될 때마다 찬사와 환호를 보냈다. 누구도 이윤 리의 실력과 미래를 의심하지 않았다.

그러나 미국에서 중국 사회의 치부를 드러내는 작품을 연이어 발표하는 그를 불편하게 생각하는 사람들도 일부 있었다. 이윤 리는 어떠한 비판에 직면하더라도 중국을 "찬양" 하는 "프로파간다"로 선회할 수는 없었다. 자신이 중국에서 "특권을 누리고" 자랐다는 사실을 부정하지도 않았다.

이윤 리는 "아버지가 베이징 핵 산업 연구기관에서" 근무했기 때문에 연구기관 복합단지에서 자랐다. 어머니는 교사였고, 함께 산 외할아버지는 "동양의 경전과 시"에 정통했다. 외할아버지는 손녀에게 동양 시와 중국 역사를 직접 가르쳤다. 이윤 리는 "할아버지 책장에 꽂힌 책을 전부 들춰" 보며 중국 왕조에 대해 토론했다. 할아버지는 1958년부터 1961년 사이에 겪은 대기근 이야기도 감추지 않았다.

"기근 때문에 사람들이 아이를 잡아먹을 수밖에 없었는데, 자기 아이를 먹기는 어려우니 이웃끼리 아이를 바꿔서 잡아먹었다는 이야기"를 듣고 이윤 리는 경악했다. 이윤 리는 "아주 포동포동했기 때문에 기근이 일어나면 우리 가족도 통통한 옆집 아이와" 자신을 바꿀 거라고 굳게 믿었다. 외할아버지는 손녀에게 인간으로서의 "존엄성을 잃는 것"이 "굶주림보다 훨씬 나쁘다."고 말했다. 대기근을 겪은 외할아버지는 얼마 후 문화대혁명의 소용돌이 속에서 또 한 번 위기를 모면한다. 1950년대 초에 공산당을 비판했다는 이유로 편집자 생활을 일찍 마감해야 했던 외할아버지의 이력이 홍위병들에게 노출되었다. 그들이 집으로 찾아오기 전, 무척 뛰어난 서예가였던 외할아버지는 "공산당을 따르자. 마오쩌둥 의장의 제일가는 자식이 되자."라고 써서 집에 걸어두었고, 홍위병들은 "그냥 돌아갔다." "세 정권과 두 번의 세계 대전, 두 번의 내전, 기근, 혁명을" 모두 겪은 외할아버지는 손녀에게 죽음보다 삶이 우선이라고 강조했다. 이윤 리

살아남다

「천년의 기도」는 아버지와 딸 사이의 갈등을 문화와 언어의
차이로 확장시켜 표현한 수작으로 2007년 영화로도 제작됐다.

는 1989년 톈안먼 사태를 겪으면서 그 말의 뜻을 깨우치게
된다.

"학살 2개월 전", 사람들은 "모두 이제 달라질 거라는 희
망에" 부풀어 있었다. 부패 청산과 민주주의가 시급했고, 하
나둘씩 광장에 모여들기 시작했다. 의대생이던 언니는 "가
끔 시위를 하러, 또는 단식 중인 학생들을 도우러 광장으로"
갔다. 1989년에 이윤 리는 고등학생이었다. "단과대학이며
종합대학에 가서 이야기를 듣거나 전단을" 읽었다. 가장 친
한 친구에게 "너도 알겠지? 이게 우리 시대의 중요한 순간이
야. 이제 이게 우리의 삶이야."라는 말을 들었고, 이윤 리는
"우리가 두 살만 더 많았으면 광장에서 활동을 하고 있었을

238

이윤 리는 영어로 글을 쓰며 톈안먼 사태가 남긴 상흔을 있는
그대로 이야기하고 싶었다.

거야."라고 내심 안타까워했다. 하지만 아버지는 강경했다.
"결국 유혈 사태가 일어날 거라고" 말했고, 이윤 리와 언니
는 집에 갇히게 된다. 두 딸을 지키기 위한 방법이었다. 이윤
리와 언니는 무사했다.

　그러나 "학살 직후는 불안과 공포와 혼돈의 시기"였다.
이윤 리는 1991년 "강제 재교육 때문에 어쩔 수 없이 진학을
미루고 군대에" 가야 했다. 이윤 리의 어머니는 입대하는 딸
에게 "입에 지퍼가 있다고 상상하고 꽉 잠그라고" 부탁한다.
그 부대에 베이징 출신은 이윤 리밖에 없었다. "같은 부대원
들 모두 톈안먼 광장 학살에 대해서 나와 같은 기분일 거라
고 생각했는데, 알고 보니 무슨 일이 있었는지 아무도" 몰랐

　　　　　　　　　　　　　　　　　　　　　살아남다

다. 이윤 리는 "그런 일이 일어났다는 사실을 모두가 인정하게 만드는 것"을 목표로 학살 이야기를 멈추지 않았다. 그렇지만 사실을 알고도 "부대원의 태도는 애매"했다. 모두 무척 조심스러웠고, 진상을 알고 난 후에도 "공공연히 말하고 싶어 하는 사람은" 없었다. 처음의 목표가 좌절되자 그는 다른 곳에서 군대 생활의 의미를 찾는다. 이윤 리는 점점 "책벌레가 되고" 있었다. "문학 작품을 읽으면 동시에 두 곳에서 살 수 있고, 상상력을 약간 더 발휘하면 현실보다 작품 속의 세계에 더 오래 머물 수" 있어서 "스트레스나 불행"에 대처할 수 있었다. 이윤 리는 "개인의 역사와 정치사가 교차하는 방식"으로 구성된 소설을 무척 좋아했다.

이윤 리는 문득 어린 시절 목격한 문화대혁명의 한 장면을 떠올리게 된다. "당시 처형이 많았는데, 처형을 실시하기 전에 각 공동체로 보내 의식을 거쳤습니다. 탁아소에서 함께 그런 곳에 갔던 기억이 나요. …… 한번은 죄수 네 명이 처형을 당했는데 한 명은 여자였어요. 그녀의 머리 모양이 아주 또렷이 기억납니다. 어린아이는 그런 이미지들을 기억에 저장하지만 이해는 하지 못해요. 부모님은 그런 이들에 대해 이야기하지 않으려 했습니다. 그래서 우리는 성인이, 작가가 되면 그런 사건들로 돌아가 연구를 하지요. 당시 무슨 일이 있었는지 보려고요." 이윤 리는 작가가 되어 톈안먼 사태 "당시 무슨 일이 있었는지" 이야기하고 싶었다. 그는 "톈안먼 광장 사건의 커다란 그림자 속에서, 공적 비극의 커다란 그림자 속에서" 살아가고 있는 사람들에게 관심을 가진다.

이윤 리는 2015년 『고독보다 친절한』을 발표했다. 톈안먼 광장 학살 직후인 1989년 10월 1일 중화인민공화국 탄생 40주년 기념일 행사에 참석해야 했던 고등학생 주인공이 그 후 20년 동안 어떤 사람으로 변모했는지를 추적한다. "혁명은 평생 충분히 겪었다."는 말로 자녀들을 가로막았던 부모 세대에게 "우리 혁명은 전혀 다를 거예요."라고 외쳤던 주인공들이 "시대라는 독"을 먹으며 복잡한 심리적 갈등을 겪어 가는 과정을 이윤 리는 "약간 거리를 두고" 이야기한다.

이윤 리는 작품 전반에 "운명론이 항상 새겨져 있다."는 지적을 수도 없이 받았다. 하지만 그 사실마저도 이윤 리에게는 직업윤리에 속한다. 운명론을 받아들인 작가는 "낙관주의나 희망에 절대 속지 않기 때문에 항상 약간의 의심을 안고 세상이나 사람을 탐구한다." 또한 "그 무엇도 당연하게 여기지" 않고 "인간의 감정과 동기에 깊숙이 파고들어" 간다. 그는 역사와 자기 운명에 체념하는 사람들을 "속속들이 알아보고 싶어" 하는 작가이다. 이윤 리는 사람들의 삶을 뒤바꾸어 놓은 역사라는 거대한 그림자 속에 존재하는 작은 그림자들을 찾아 나선다. 글 쓰는 여자는 역사를 탐험한다.

살아남다

1977년 중국 베이징 톈안먼 광장에서 언니, 어머니, 아버지와 함께 찍은 사진.

글 쓰는 여자는
미래를 지킨다

✦ 제인 제이콥스

"제가 아는 도시는 전부 문제가 있고 실수를 저질렀어요. 하지만 도시가 살아 있는 한, 젊은 사람들이 도시에 살면서 일하는 한, 늘 희망이 있고 더 나아질 가능성이 있습니다. 이 세상에는 스스로 관심이 많은 일, 창의력을 발휘할 수 있는 일을 하려는 사람이 가득합니다. 희곡을 쓰거나 그림을 그리는 사람도 있고, 건물을 설계하거나 물건을 발명하는 사람도 있지요. 저를 흥분시키는 것은 그 모든 삶의 집합, 활동적인 사람들과 그들이 하려는 일들입니다."

제인 제이콥스는 평생 호기심이 많았다. 1916년, 펜실베이니아의 탄광 도시 스크랜턴에서 태어난 그는 어린 시절부터 책과 신문을 좋아했다. 가정의였던 아버지는 자녀들과 그날그날의 신문 기사 내용을 주제로 토론하는 시간을 자주 가졌다. 아버지는 자녀들에게 자신의 생활을 스스로 책임질 수 있다면 어떤 직업을 가져도 괜찮다고 이야기했다. 아버지는 제인 제이콥스의 재능과 기질을 있는 그대로 인정

살아남다

했고, 딸의 결정을 존중했다.

제인 제이콥스는 획일화된 학교 교육을 거부했다. "질문을 받지 않는 한 말을 하는 것도 허락되지" 않았던 학창 시절은 고통스러웠다. 제인 제이콥스는 "더 이상 말을 할 수 없게 될 거라는, 이제 목소리가 사라질 거라는 두려움"에 휩싸여 한동안 틱 장애에 시달리기도 했다. "아직 말을 할 수 있는지 확인하려고 목 안에서 작은 소리를, 작은 목소리를 내곤" 했지만, 누구에게도 그 이유를 설명하지 않았다. 3학년 때부터 책상 밑에서 혼자 책을 읽기 시작했다. 제인 제이콥스는 마크 트웨인의 소설 속 주인공들처럼 모험을 좋아했다. 질서정연한 교실보다 풍파 속 현장에서 배울 것이 훨씬 많을 것이라고 확신했다. 고등학교를 졸업하고 펜실베이니아 지역 신문 《스크랜턴 트리뷴》에서 사회생활을 시작했다. 무급이었지만, 신문 제작과 편집 과정을 빠른 속도로 익힐 수 있었다. 돈을 벌기 위해 속기도 배웠다. 낯선 대도시에서 사회생활을 본격적으로 시작할 준비를 마쳤다.

1935년, 제인 제이콥스는 무작정 언니가 있는 뉴욕으로 향한다. 아무런 계획도 없이 떠돌아다녔다. 걷고 또 걸었다. 뉴욕의 건축물들은 매력적이었다. 오래된 건물들일수록 포근하게 느껴졌다. 도시의 변천사를 혼자서 공부했다. 공간의 변화가 사람들에게 미치는 영향력에 관해 점차 관심을 가지게 되었다. 그리고 도시 계획의 중요성을 깨닫기에 이른다. 학위도 경력도 없었던 제인 제이콥스는 우선 무역 현황을 다루는 잡지사에 비서로 들어갔다. 신문사에서 근무했던 경력이 도움이 되었다. 제인 제이콥스는 이내 편집으로 업무를 변경한다. 그러면서 《보그》, 《선데이 헤럴드 트리뷴》 등 각종 매체에 건축 비평을 부지런히 투고했다.

문득, 보다 체계적인 공부가 필요할지도 모른다는 판단이 들었다. 제인 제이콥스는 버나드 칼리지에서 지리학, 법학, 정치학, 경제학 등을 공부했지만, 졸업장을 얻기 위해 너무 많은 시간을 쏟아붓는 것 같았다. 2년 만에 컬럼비아 대학교를 자퇴했다. 건축과 도시 공학 분야에서 진정한 전문가가 되는 길은 현장에 있다는 결론을 내렸다.

1952년, 제인 제이콥스는 건축 전문 잡지사의 문을 두드렸다. 《아키텍처럴 포럼(Architectural Forum)》은 그가 쓴 글들을 높이 평가했다. 제인 제이콥스는 전공자라야 이해할 수 있는 글은 학술 논문으로 충분하다고 생각했다. 소수의 엘리트 남성들이 장악해 온 건축과 도시 공학 분야의 폐쇄성을 그는 더 이상 묵인할 수 없었다. 그래서 본격적으로 문제 제기를 시작했다. 우리는 정녕 어떤 도시에서 살기를 원하는가? 아름다운 도시의 기준은 과연 무엇인가? 제인 제이콥스는 좋은 도시의 정의를 새롭게 내리는 한편, 개발이라는 명목으로 도시를 파괴하는 행위들을 신랄하게 비판한다.

무엇보다 누구라도 이해하기 쉬운 글쓰기로 자신의 문

제의식을 널리 전하고 특정인들의 전유물로 치부되어 온 건축과 도시 공학의 현안들을 공론화하며 시민들의 참여를 높이는 데 큰 기여를 했다. 독자들은 제인 제이콥스의 제안을 적극 수용했다. "도시를 보면서 귀를 기울이고, 서성이고, 눈에 보이는 것에 대해서 생각해도 좋다."

제인 제이콥스는 대중 강의에도 적극적이었다. 그의 글과 강연에 깊은 감화를 받은 록펠러 재단의 관계자는 그가 좀 더 독립적으로 장기적인 연구를 지속할 수 있는 방법을 모색하기 시작했다. 제인 제이콥스는 《아키텍처럴 포럼》과 《포춘》에 발표했던 글들을 바탕으로 한 권의 책을 완성하고 싶었다. 록펠러 재단에서 저술 지원을 결정했다. 그는 1년 동안 온전히 글 쓰는 일에만 집중할 수 있게 되었다.

1961년, 제인 제이콥스의 『미국 대도시의 죽음과 삶』이 미국 랜덤하우스 출판사에서 출간되었다. 제인 제이콥스는 19세기부터 20세기 중반까지 뉴욕, 시카고 등과 같은 대도시들의 변천 과정을 추적하며, 한 도시가 고유하게 가지고 있는 "미묘하고도 복잡한 질서"와 "오래된 이야기"가 도시의 생명이자 자산임을 주장했다. 도시가 천편일률적이고 네모반듯한 공간으로 재편되는 과정에서 그 공간은 도시로서의 활력을 잃고 결국 죽음을 맞이하게 될 것이라고 경고했다.

"제대로 기능하고 있는 오래된 도시라면 어디나, 외견상의 무질서 아래 거리의 안전과 도시의 자유를 유지시켜 주

1963년 개발로 지금의 매디슨 스퀘어가 된 뉴욕의 '펜 스테이션' 개발 반대 시위에 참여하고 있다. (앞줄 왼쪽에서 두 번째)

는 불가사의한 질서가 존재한다. 이 질서는 매우 복잡한데, 그 본질은 끊임없이 얽히고설킨 보도(步道)의 이용과 그 결과물인 끊임없는 보는 눈의 연속이다." 그는 걸어 다니는 사람이 아니라 달리는 자동차와 새로운 건물이 도시의 주인공이 될 때 인간의 삶과 도시의 미래는 파국으로 치닫는다는

살아남다

예언에 가까운 비판을 논리적으로 펼쳐 나갔다. 『미국 대도시의 죽음과 삶』은 제인 제이콥스가 시민 활동가로서 투쟁하고 실천한 시간들의 기록이기도 했다.

제인 제이콥스는 뉴욕 맨해튼의 그리니치빌리지와 리틀이탈리 타운의 파괴에 맞섰다. 그는 뉴욕 소호 지역을 통과하는 8차선 고속도로 건설에 반대했고, 베트남전 징집 반대 시위에도 나섰다. 제인 제이콥스는 반전 시위에 참여한 수전 손택과 함께 체포되었다. 검사는 폭동, 폭동 선동, 형사상 피해, 공무집행 방해 혐의로 그를 기소하며 그가 "무시무시한 괴물"이라고 주장했다. 어리둥절하고 끔찍한 경험이었다. 검사의 기소대로라면 제인 제이콥스는 각 혐의마다 1년씩의 징역을 받아 총 4년을 감옥에서 보내야 했다. 다행히 검사의 뜻대로 되지는 않았지만, 심리를 마치고 집으로 돌아온 제인 제이콥스는 깊은 우울증에 빠졌다. 식탁 앞에 앉아 있는데도 "뒤에서 감방 문 닫히는 소리가 정말로 들리는 것" 같았다. 제인 제이콥스는 1968년에 미국을 떠나기로 결심했다. 그는 캐나다 토론토로 이민을 결정한다.

1974년에 캐나다 시민권을 획득한 제인 제이콥스는 미국 국적에 아무런 미련이 없었다. 그는 2006년 90세의 나이로 세상을 떠날 때까지 자신만의 '정체성'을 변함없이 지키며 살았다. 그는 언제나 "뭐든 기회가 있으면" 배우는 사람이었다. 『미국 대도시의 죽음과 삶』을 집필하면서 경제학과 생태학에 깊은 관심을 가지게 된 제인 제이콥스는 88세까지 『생존 시스템』, 『자연과 경제의 대화』, 『도시의 경제』, 『도시와 국가의 부』, 『어두운 미래』 등 여러 저서를 출간하며, 건축 전문 기자이자 작가, 도시 공학 전문가, 시민 운동가, 경제학자, 생태학자 등으로 자신의 사회적 영향력을 꾸준히 확장시켜 나갔다.

그는 자신의 성공을 운으로 돌릴 줄 아는 사람이었다. "좋은 집, 넉넉한 공간, 사랑스러운 이웃"을 당연하게 여기지 않았다. 특히 제인 제이콥스는 자신이 "여성 참정권 운동이 성공을 거두자 여자는 남자와 동등하며 무엇이든 할 수 있다는 생각"이 싹튼 시기에 태어나 "여성에 대한 희망이 있는 곳"에서 자랐다는 사실을 항상 기억하고자 했다. 제인 제이콥스는 무임승차를 거부했다. 그는 자신이 받은 유무형의 사회적 혜택을 도시와 지구의 미래에 환원했다. 글 쓰는 여자는 미래를 지킨다.

그는 걸어 다니는 사람이 아니라
달리는 자동차와 새로운 건물이 도시의
주인공이 될 때 인간의 삶과 도시의 미래는
파국으로 치닫는다고 예견했다.

에필로그

2019년 3월 20일부터 2020년 3월 4일까지 격주로 《경향신문》에 「여성, 쓰고 싸우고 살아남다」를 연재했다. 내게는 아주 특별한 경험이었다. 구원과 낙원과 조간신문 중에서 하나를 선택해야 한다면 조간신문을 선택하겠다는 헤겔의 마음을 이해하게 되었다. 다음 날 아침 일찍 도착할 신문을 기다리는 사람은 어떻게든 살아가게 되리라는 막연한 희망도 가지게 되었다. 연재 기간 동안 경향신문 문화부의 이영경 기자님과 김희연 에디터님, 정유진 정책사회 부장님의 격려가 큰 힘이 되었다. 세 분께 깊이 감사드린다.

민음사 인문교양팀의 이한솔 님, 양희정 부장님과 보낸 시간들은 참 따뜻했다. 쓰고 싸우고 살아남다. 내가 좋아하는 이 책의 제목도 두 분의 작품이다. 두 분은 기획 단계에서부터 마지막 회까지 신문 연재를 무탈하게 마칠 수 있도록 도움을 아끼지 않으셨다. 나는 지금껏 두 분의 속을 썩이는 방식으로 우정에 보답해 왔다. 한 회 원고를 넘기고 나서야 다음 회 주인공을 누구로 할지 고심했다. 그때마다 사정은 있었겠지만, 여하튼 마감이 임박해서야 주제를 최종 결정했다. 무슨 원칙이라도 되는 양 1년 내내 그 방식을 고수했다. 일정을 핑계로 주말에 도움을 청했던 기억도 떠오른다. 두 분은 모든 것을 너그럽게 이해해 주셨다. 사람이 하루아침에 바뀌지 않으니 이제 그러지 않겠노라고 호언장담할 수는 없지만, 두 분과 작업하면서 나는 좀 더 성실하게 읽고 쓰는 사람이 되고 싶어졌다.

몇 달 전부터 다가오는 봄에 시작될 새로운 연재를 준비하고 있다. 두 분과 점심에 만나 기획 회의를 시작하면 저녁을 먹고 나서야 헤어졌다. 그렇게 몇 차례의 기획 회의를 거쳐 국내외 여성 정치인들의 자서전을 분석하고 여성의 글과 말이 어떠한 정치적 파급력을 가지는지 검토하는 글을 써 보기로 결심했다. 과연 다음 작업이 어떻게 진행될지 무척 궁금하고 기대가 된다. 그 책도 민음사 인문교양팀에서 멋지게 만들어 주시길 바란다. 2019년 어느 여름날, 혼자서 루스 베이더 긴스버그를 다룬 다큐멘터리 영화를 보러 갔는데 어디선가 많이 본 듯한 두 사람이 영화관 안으로 걸어 들어오고 있었다. 이한솔 님과 양희정 부장님이었다. 마치 약속이라도 하고 만난 것처럼 우리는 함께 영화를 보고 나서 긴 이야기를 나누었다. 예정되지 않아 더욱 즐거웠던 그날처럼 앞으로 우리에게 다가올 시간들을 설레는 마음으로 기다린다.

연재가 절반 정도 지났을 때, 전화로 격려해 주신 한기형 선생님께 먼저 감사드린다. 논쟁을 두려워하지 말되, 인간을 따뜻하게 바라보는 시선을 항상 간직하라는 조언을 해 주셔서 많이 놀랐다. 나는 그때 보다 냉철하고 날카로운 관점으로 대상을 분석해야 할 것 같은 강박에 시달리고 있었다. 품이 많이 들더라도 꼼꼼하게 자료를 읽고 논점이 선명한 좋은 글을 쓰길 바란다고 응원해 주신 황종연 선생님께도 감사드리고 싶다.

딸이 무엇을 하며 어떻게 사는지 밤낮으로 걱정하며 딸을 위해 기도하시는 어머니 아버지께 책이 나오는 대로 드리고 싶다. 어머니 아버지는 내게 더불어 살아가는 삶의 의미를 가르쳐 주셨다. 성은, 규철, 혜미, 원철에게도 사랑과 감사를 전한다. 이제 글을 읽고 쓰기 시작한 홍, 신, 지원에게 좋은 책들을 건네고 싶다.

2018년에 『나혜석, 글 쓰는 여자의 탄생』을 펴냈을 때처럼, 이번에도 여성의 날에 맞춰 책을 출간하게 되었다. 봄이 시작되는 3월 8일이 여성의 날이라서 기쁘다. 2020년 여성의 날에 『쓰고 싸우고 살아남다』를 출간하게 되어 더욱 기쁘다. 이 책의 주인공들인 스물다섯 명의 여성들도 모두 환하게 웃고 있으리라 믿는다.

봄을 기다리며

장영은

쓰고
싸우고
살아남다

1판 1쇄 펴냄   2020년 3월 8일
1판 5쇄 펴냄   2021년 10월 5일

지은이   장영은
발행인   박근섭, 박상준
펴낸곳   (주)민음사

출판등록   1966. 5. 19. (제16-490호)
주소   서울시 강남구 도산대로1길 62
           강남출판문화센터 5층 (06027)
대표전화   02-515-2000   팩시밀리   02-515-2007
www.minumsa.com

ISBN   978-89-374-9123-8   03800

* 잘못된 책은 구입처에서 교환해 드립니다.